最強守護者と叡智の魔導姫
死神の力をもつ少年はすべてを葬り去る
2
「今日くらいは許してよ」
「いつもじゃないか」
JN105966
安居院 晃
イラスト tef

「立場や役目を忘れてしまうくらい、
私を好きになってもらいます！」
聖女の妹
ルイン
《天使》

死王霊盤(ベマーラ)——
失廻滅魂(フォーラウ)

僕は死王霊盤(ベマーラ)にマナを流し、
その指針を北西の方角に向け
大鎌の刃を紫色に変化させた。
刃から放射される淡い紫の光は
周囲を同色に照らし、
軽く振るえば流星のような軌跡を宙に描く。

最高司書官
クムラ
《天使》
「君がヴィルを落とす前に、私が落として見せるッ！」
どうしてこうも次から次へと面倒ごとに巻き込まれるのだろう。
僕には不幸を運んでくる悪霊が憑りついているのではないかと本気で考えてしまう。
「あ、私も参加させて頂きます」
補佐官
ヴィル
《天使？》
聖女
シスレ
《悪魔》
禁忌図書館のとある一日

最強守護者と叡智の魔導姫

死神の力をもつ少年はすべてを葬り去る

The Sorceress of Wisdom
with
the Strongest Guardian

安居院 晃

イラスト / tef

The Sorceress of Wisdom
with
the Strongest Guardian

CONTENTS

プロローグ

とても清々しい朝だ。

職場である禁忌図書館からほど近い場所にある自宅から一歩外に出た瞬間、僕は不意にそう思った。暑すぎず、寒すぎず、適温と呼ぶことのできる外気温。頭上に広がる天には雲が一つもなく、快晴の青空。身体を撫でる微風すらも心地よく、また鼓膜を揺らす小鳥の囀りも朝を感じられた。片手に持つ紅茶の入った紙コップも良い朝を構成する要素の一つになっている。

完璧だ。全ての条件が整った、滅多にない素晴らしい朝。数十秒の道のりではあるけれど、出勤という毎日の面倒で億劫な時間を楽しむことができる環境。そんな今に、僕は気分よく舗装された歩道を歩き進んだ。

良い朝を過ごすと、いつも以上に頑張れる気がする。今日も一日、頑張って乗り切ろう。

白い湯気を大気に放出する琥珀色の紅茶を楽しみながら、僕は禁忌図書館の中へと足を踏み入れ、この建物を管理する少女がいるメインフロアへ続く扉を開いた。

そして――清々しい気分は、跡形もなく消し飛んだ。

「ええ、地獄みたいじゃん……」

入室した感想を呟き、僕は後ろ手で扉を閉じた。

外の晴れ渡った空とは対照的に、館内は陰鬱とした空気が充満していた。暗いわけではない。天井から吊るされたシャンデリアや、部屋の各所に設置された間接照明によって室内は照らされている。明るさは十分だ。

ただ、空気がとてつもなく重い。居心地が悪く、今すぐにでも閉じた扉を開けて外に出たい気持ちに駆られた。本当に出て行くことはしないけど。

原因は明白。メインフロアの中央に設置された二つのソファに身体を横たえている、二人の人物だ。

一人は純白の翼と光輪を持つ、美しい天使族の少女。

そしてもう一人は、黒い羽と尻尾を携えた、可憐な悪魔族の少女。

互いに対を成す種族である身体的特徴を持つ彼女たちは今、全く同じ姿勢、全く同じ顔色、そして全く同じ体調で、天井を見つめて放心している。この空間に広がる陰鬱とした空気を濃縮したような雰囲気を、その身に纏わせて。

まぁ、概ね予想通りかな。

僕は特に驚くことなく紅茶の入った紙コップを近くの机に置き、そこに並べられていた二つのグラスに水差しの水を注ぐ。それを両手に持ち、青白い顔をして如何にも体調が悪そうな二人に近寄った。

「おはよう、二人とも。二日酔いが大分酷そうだね」

声をかけ、僕は二つのソファの間に置かれた机に水の入ったグラスを置く。と、彼女たちはもそもそと気怠そうに身体を起こした。

「おはよ、ヴィル。見ての通り、今までにないくらいに酷い感じだよ。だからハグとキスで私を治して」

「そんなことで二日酔いは治らないから断ります。ファムは？」

両手をこちらに向けて要求してきた天使族の少女――クムラを軽くあしらい、次いで僕はもう一人の悪魔族の少女――ファムに尋ねる。すると彼女は右手で自分の頭を押さえながら、肩を落として言った。

「ヴィル様。差し支えなければ、私のことを小一時間ほど罵倒した後に鈍器で撲殺してもらってもよろしいでしょうか？」

「全然よろしくないけど？」

いきなり何を言っているんだ、この子は。撲殺してくれって……頭でも打ったのか？　もしくは体調が悪すぎて色々とおかしくなってしまっているのか。

驚きと心配でファムを見つめると、彼女は青白い顔のまま自嘲気味に笑い、今よりも数段濃い負のオーラを身に纏った。

「私は、私は恥晒しです。酒を飲むどころか酒に飲まれて、ヴィル様にあんな怠絡みをしたなんて……王国内にいる全ヴィル様ファンに八つ裂きにされて火にくべられても文句は言えないほどの醜態です。大罪です。だったらせめて、ヴィル様の手で殺されたい。そうすれば私も満足して死んで行けま——いや、違う。どうせ死ぬなら、私のみっともない姿を知る全員を道連れにすれば……」

「大丈夫だから！　僕は全然気にしてないから！」

自己嫌悪と後悔で危険な思想に走り始めたファムを僕は慌てて宥めた。

わかっている。クムラとファムがこんな状態になっている原因は、昨晩とあるバーを貸し切りにして行われた飲み会だ。

数週間前に発生した、アルレイン帝国の工作員による襲撃事件。

それをきっかけとしてクムラとファムの間に生じていた軋轢の原因が判明し、それを修復するべく、互いに腹を割って話し合うことのできる酒の席が設けられたのだが……それが少々、いや、かなり盛り上がってしまった。当初の予定では長くても三時間程度でお開きになるはずだったのだが、いざ蓋を開けてみれば夕方から夜の遅くまで、実に七時間も店に居座ることになった。

一体どれだけ飲んだのか、正確な数字はわからない。気が付いた時にはテーブルの上が空のグラスやジョッキでいっぱいになっており、店員さんが大変そうにそれを片付けていた。

いや、本当に驚いた。普段から酒を常飲しているクムラが沢山飲むことはわかっていたけれど、まさか彼女と対等に張り合うほどにファムが飲むとは、想像もしていなかった。普段のファムはとても真面目で、控えめで、とても酒豪の気質があるようには見えない。てっきり飲んでも二杯か三杯くらいだと思っていたんだけど……天使も悪魔も見かけによらないということを、よく学ぶ機会になった。

ただ、大量に飲めばそれだけ身体にアルコールも回る。結果、飲酒により心の制御装置が停止したファムは普段抑圧しているものを全て発散することになった。

「そんなに落ち込まないでよ、ファム。僕は大丈夫だから」

「ヴィル様……」

涙で潤み、不安に満ちた表情で僕を見上げるファム。彼女と目を合わせ、僕は微笑を浮かべて言った。

「正面から思いっきり抱き着かれたことも、身体の匂いを嗅がれたことも、僕の飲み物を横取りして飲んでいたことも、僕は全然、本当に気にしてないからね」

「……して、殺、して――」

「ヴィル、それ以上はやめてあげなよ。止め刺しにいってるから」

僕から視線を外し虚ろな瞳で呟くファムを見て、クムラが僕に言った。

しまった、僕の配慮が足りていなかった。今ここでファムが昨晩の僕にしたことを全て挙げるのは、傷口を強引にこじ開けて溶けた鉛を流し込む行為に等しい。

僕は自分の発言を悔い改め、これ以上余計なことは言わないように、ファムの肩に手を置いて最後に告げた。

「まぁ……これからは気軽に甘えていいからね？」

「……うびぁ」

解読不能な言葉を最後に、ファムは再びソファに倒れ込んでしまった。呼びかけても、身体を揺すっても、彼女は応答しない。白目を剝いて失神したまま、意識を夢の世界へと飛ばしてしまったようだ。

そんなファムを見下ろし、僕は人差し指で頰を搔いた。

「慰めるって、難しいな」

「いや的確に急所を突いて止めを刺しにいっていたよ、ヴィルは」

僕の呟きにクムラは言い、背後から僕を抱きしめた。細い両腕と、大きな翼で。

「ファムは繊細な女の子なんだから、もっと丁寧に扱ってあげないと」

「いや丁寧とかそういう問題じゃ……」

「その点！　私は多少乱暴にされても大丈夫だよ！　寧ろ夜は荒々しいほうが好みかも。どう？　今なら私と結婚すれば朝昼晩のキスもついてく——うっ」

「虚勢張らずに休んでなよ」

不穏な声と共に片手で口元を覆ったクムラを再度ソファに座らせ、僕は机に置いた水入りのグラスを彼女に手渡した。元気になったように取り繕っているけれど、吐き気と頭痛は消えていないはずだ。今はそれらが治まるまで可能な限り安静にする時。無理に動いてこの部屋を汚すようなことになればそれこそ大変で、僕がとても困ることになる。

飲酒による悪影響に苦しんでいるクムラとファムを交互に見やり、僕は思案した。この様子だと、二人は何も食べていないだろう。消化に良く、無理せずに食べることのできるスープでも作ってこようか。温かいものを飲めば、少しは気が紛れるだろう。

そう考え、僕は調理場も兼ね備えた休憩室へ向かおうと、二人の傍から離れた──時。

「おはようございます、ヴィル様」

休憩室へと続く扉が開き、そこから一人の美しい女性が姿を見せた。艶やかな翠色の長髪と同色の瞳に、メリハリのある均整の取れた肢体。ソファで休む二人と変わらない年齢だが、彼女たちよりも随分と大人びて見える。

シスレ＝エーデンベルム。

ブリューゲル王国の叡智である最高司書官のクムラと同列に扱われる、王国の最重要人物の一人──聖女の称号を拝命する者だ。

青色のエプロンを着用しているシスレは鍋摑みを装着した両手で白い湯気を立たせる鍋を持って、こちらに近付いてくる。

僕がスープを作る必要はなかったようだ。

机に敷いた鍋敷きの上に両手のそれを安置したシスレを見て、僕は彼女に礼を告げた。

「おはよう、シスレ。昨晩は僕の代わりにここへ泊まってくれて、ありがとうね」

「礼には及びませんよ、ヴィル様。私の用事もありましたし、昨晩はヴィル様に色々と楽しませていただきましたから」

「……そ、そっか」

貝や魚などの魚介類と野菜の入ったスープを器に盛りつけながら返答したシスレに、僕は何とも言えない表情を作った。

クムラとファムが激しい口論になった場合の仲裁役として、シスレも昨晩の飲み会に参加していたのだ。聖女という清廉潔白であることが求められる立場上、酒を口にすることはなかったのだけど……何故(なぜ)か、酔っていた二人以上に僕へ絡んできた。いつも通りの無表情のまま僕を背後から抱きしめたり、脇腹を突くなどの悪戯(いたずら)をしてきたり。

酒ではなく、雰囲気に酔ったと表現するのが適切なのだろうか。昨晩のシスレは普段の彼女よりも、僕への接し方が積極的だったことを憶(おぼ)えている。

難儀ではあった。クムラとファムが必要以上に火花を散らさないよう注意しながら、シスレの悪戯が一線を越えないように制御するのはかなり大変だったと言える。

僕は昨晩の彼女を思い出しつつ、苦笑と共に言葉を零(こぼ)した。

「まぁ、僕は大変だったけど、シスレが楽しかったのならそれでいいよ。人目につくようなところではやめてほしいけど」

「わかりました。では、人目につかない場所で距離を詰めますね。毎度、必ず」

「確約しなくていいよ……あぁ、ありがとう」

シスレが差し出したスープの入った器を反射的に受け取り、僕は彼女に礼を告げた。既に自宅で朝食を済ませていたので、僕は遠慮しようとも思ったのだけど、鼻腔（びこう）を擽る（くすぐ）とても良い香りが食欲を掻き立てる。加えて、透明に近いスープに沈む魚介類や野菜の具材が、掻き立てられた食欲を増進させた。

折角作ってくれたのだから、ありがたくいただくとしよう。

温かい器を手にシスレの隣へ腰を落ち着けると、シスレはソファで眠るファムを見つめて言った。

「ファム様は、まだおやすみ中のようですね」

「さっきまで起きてたんだけど、ヴィルが失神させたんだよ」

「誤解を招くような言い方しないでよ」

事実だが、もう少し考えた言い方をしてほしい。横目でクムラに抗議の視線を送るが、彼女はそれに気が付いた様子もなく、スプーンで掬った（すく）スープを口元に運ぶ。そして、ハァ、と心の底から安らいだような表情を作った。幸福感というか、満足感というか、そういったものを感じさせる。

　そんな顔を見せられたら、文句を言う気にもなれない。

　僕はクムラから手元の器に視線を落とし、彼女と同じように、木製のスプーンで光を反射し煌めくスープを口に入れた。途端に口内へと広がる温かさと、優しい味。なるほど。クムラがあんな表情になった理由がよくわかった。きっと今の僕も、同じような顔をしていることだろう。

「いかがですか？」

「とっても美味しいよ」

　感想を尋ねてきたシスレに返答すると、彼女は『ありがとうございます』と言った後、視線をクムラへとスライドさせ、言った。

「一歩リードですね、クムラ様」

「何を～？」

　二人の視線が衝突した直後、その中間地点に火花が散ったような気がした。

　生成された不穏な空気。しかし僕は何も行動を起こすことなく、スープを飲みながら二人を見守った。心配はいらない。今の二人からは収拾のつかない口論を繰り広げるような雰囲気は一切感じられない。彼女たちとの付き合いも長いため、経験からわかるのだ。生成されたこの空気も、すぐに解消されることだろう。

「……さて」

数秒後。僕の見立て通り何事もなく不穏な空気は解消され、手近な椅子に腰を落ち着けたシスレが言った。

「クムラ様も目を覚まされたことですし、そろそろ私の用事について、お話をさせていただいてもよろしいでしょうか？」

「そういえば、それで昨晩はここに泊まったんだったね」

「ええ。少しばかり、クムラ様にお願いがありまして」

「私に？」

食事の手を止め小首を傾げたクムラ。

彼女を見つめてシスレは頷き、告げた。

「とある禁書について、最高司書官である貴女の知恵をお借りしたいのです」

「新しい禁書の出現、ね」

シスレが告げた用事の内容を聞いたクムラはスープの入った器を机上に安置し、キラキラと瞳を輝かせた。

「それは一体どんな形をしているの？　色は？　手触りは？　どれくらいのマナを内包していたの？　それから紙にはどんな文字が――」

「落ち着いてください、クムラ様」

身体（からだ）を前に乗り出し質問攻めをするクムラをシスレは宥（なだ）めた。

「一度にそれだけのことを質問されても、答えることはできません。一つずつ、お願いいたします」

「ごめんごめん。つい」

乗り出していた身を戻し、クムラはアハハと笑った。

ブリューゲル王国の叡智と呼ばれる最高司書官のクムラは、知識欲の塊だ。誰よりも強い探求心を持ち、日々新たな知識を求めて古文書などの解読に当たっている。特に失われた知識や情報が記されている可能性の高い禁書には強い執着心を持っており、手元に届いた時には食事や睡眠すらも犠牲にして解読に当たるほどだ。

生活の全てを解読に捧げることができる生粋の研究者であり探求者。

そんな彼女に新たな禁書の情報を与えれば、我を忘れて情報提供者に質問攻めをするのは当然とも言えることだった。

僕は何から聞こうか迷っているクムラに代わり、シスレに尋ねた。

「その禁書っていうのは、何処で見つかったものなの？」

「私の実家にある書庫です」

「シスレの実家……エーデンベルム家の本家、ね」

禁書の一つや二つ、見つかってもおかしくないな。僕はシスレが告げた禁書の発見場所を聞き、そう思った。

エーデンベルム家は超がつくほどの名家だ。渾沌を極めた時代からブリューゲル王国に仕え、数多の優秀な魔法師を輩出し、国家の発展と守護に多大な貢献をしてきた実績がある。国民の中には、英雄の一族と呼ぶ者もいるほどだ。この国に暮らす者の中で、エーデンベルム家の名を知らない者は皆無とさえ言える。

長い歴史と功績を持つ王国屈指の名家。その本家ともなれば、様々な宝物が眠っていたとしても何ら不思議ではない。

「クムラの力を借りたいってことは、依頼の内容は禁書の解読かな？」

「はい。禁書を発見した私の母によると、中には見たことのない文字が記されていたそうで。数多の古文書や禁書を解読されてきたクムラ様ならば、内容を解読できるのではないかと期待をしています」

「できるよ」

話を聞いていたクムラはニヤッと笑い、胸元に下げていた白い羅針盤に触れ、自信満々に言った。

「私に解読できない本は存在しない。この頭と、私の魔導羅針盤――全知神盤があれば、どんな書物であろうと解き明かすことができる」

「……頼もしい限りですね」

ハッキリと言い切ったクムラに、シスレは口元を綻ばせた。

クムラのことを知らない者が今の発言を聞けば、自信過剰だと批判することだろう。見たこともない書物の解読などできるものか、自惚れが過ぎると罵声を浴びせたかもしれない。だが、クムラのことをよく知る僕とシスレは、彼女に対して一切の疑念を持たなかった。

クムラが片手で触れているものは、魔法という神秘を操る魔法師が持つ奇跡の道具――魔導羅針盤。世界中に存在する魔法師の人数だけ数があるが、クムラが持つものはその中でも特別。世界に七つ。規格外の能力を持ち、保有者に魔法師の頂点である魔導姫の称号を授ける『神が創りし羅針盤』だ。

名は——全知神盤（グリフ）。他に類似するものすら発見されていない知識と情報を司（つかさど）る力を秘めており、そこにクムラの頭脳が合わさることによって、どれだけ難解な未知の文字であろうと言語であろうと、暗号であろうと、解き明かすことができるようになるのだ。たとえ禁書であろうと、例外ではない。

僕は自信に満ち溢（あふ）れたクムラの顔を見て言った。

「仮にクムラが解読できない書物があったとすれば、それはもう世界の誰にも解読することのできないものということになるね」

「そんなことはあり得ないけど。それで？　解読してほしいっていう禁書は何処にあるの？　今は手元にない？」

「そのことについてなのですが……」

早く見せろと言わんばかりに問うクムラに、シスレは申し訳なさそうに言った。

「クムラ様とヴィル様には私の実家——エーデンベルムの本家屋敷まで、お越しいただきたく思います」

「私たちが直接？」

首を傾げたクムラと同じく疑問を抱き、尚且（なおか）つ、僕は意外に思いながらシスレを見やった。

基本的にクムラは遠出――王都ピーテルから離れるような外出はしない。それは彼女自身があまり外出を好まないという理由もあるが、それ以上に、彼女はあまりにも多くの者から狙われている身であるから。王国の叡智である最高司書官にして、知識を司る『神が創りし羅針盤』を保有する魔導姫。その有用性は計り知れず、国力の大小を問わず、各国は喉から手が出るほどにクムラを欲しがっているのだ。禁忌図書館を襲撃する者たちは、その全てが貴重で価値のある古文書や禁書の強奪を目論んでいるわけではない。中には、クムラ本人の誘拐を目的とする者もいるのだ。

僕が傍にいるため、実際に誘拐されるということはないと思う。けれどクムラにとっては、外出というのは常に危険が付きまとうもの。それはシスレもわかっており、これまではどんな用事の場合でも彼女のほうから禁忌図書館へとやってきていた。だからこそ珍しい。彼女のほうから、遠出をお願いするなんて。

何か事情があるのだろう。それを尋ねると、シスレは困ったような表情をした。

「禁書は今、私の母である本家の当主が所持しているのですが……タイミング悪く、母が足を負傷してしまったらしく、ここに来ることができなくなってしまったんです」

「足を負傷、か」

「はい。そこで私が一度実家に戻り、禁書を受け取ろうかと思ったのですが、母がお二人に会いたいと駄々を捏ねておりまして。エーデンベルムの当主なのに、まだ一度も二人目の魔導姫にお会いすることができていない、と」

「あー、なるほどね。そういうわけか」

事情を聞いたクムラは両腕を組み、何度も頷き納得した。

エーデンベルム家は現在、国家元首に次ぐ権力を保持していると言っても過言ではない。元々貴族間の序列は高かったのだが、魔導姫――シスレを送り出したことにより、その発言力は更に強まることとなった。

シスレの母は、その家の当主だ。王国の権力者であり有力者として、未だに王国の最重要人物であるクムラに挨拶もできていないという事実を見過ごすことはできないのだろう。だからこの機に、顔を合わせたいと考えているのかもしれない。

言ってしまえば、この面会の要請は応じる義務がない。先日も国家ぐるみの襲撃に遭ったばかりなので、身の安全を考えて断ることもできる。ただ強制力はないが、安易に断るのは得策とはいえない。相手は王国屈指の有力者。良好な関係を築いておくに越したことはない。

大きな事件に巻き込まれたばかりで不安は残るけれど、後々のことを考えて、承諾したほうが良いだろう。

僕は自分の意思を固め、隣のクムラに言った。

「エーデンベルム家に行くことに異存はないよ。クムラは？」

「私もいいよ。早く禁書を見たいし、一度くらいは挨拶に行かないといけないからね」

「ありがとうございます」

「ただ、僕から一つ」

礼を告げて頭を下げたシスレに、僕は右手の人差し指を立て、条件を告げた。

「行くのは流石(さすが)に明日以降にしてほしい。今のクムラは酷(ひど)い二日酔いの状態で、このまま列車に乗ってしまったら、周りに迷惑をかけてしまう結果になるかもしれないから」

「承知しました。では、明日以降ということで。クムラ様も、それでよろしいでしょうか？」

「助かる〜」

気の抜けた声で返事をしたクムラは机上に安置していた器を手に取り、その縁に口をつけ、まだ温かい残りのスープを完飲した。そしてプハァ、と満足そうに大きな息を吐き、僕の膝に頭を乗せて横たわった。

顔色は大分良くなったとはいえ、まだ全快には程遠い。温かい料理を食し、シスレとの話に区切りがついたことで気でも抜けたのだろう。クムラは全ての力を使い果たしたように脱力し、瞼(まぶた)を下ろした。

「疲れたから、ちょっと寝るね」

「食べてすぐ横になるのは良くないよ？」

「今日くらいは許してよ」

「いつもじゃないか」

「かもね」

ハハハ、と小さな声で笑ったクムラはそのますぐに寝息を立て始めた。試しに呼び掛けてみるが、応答はない。返ってくるのは子供のような可愛らしい寝息だけ。どうやら本当に、この短時間で夢の世界に旅立ってしまったようだ。

僕が来る前の状態に戻ったな。

近くのソファで眠るファムと、膝上のクムラ。彼女たちを交互に見やり、僕は苦笑した。

「今日は二人ともおやすみの日になるか……」

「そのようですね。けど、あれだけの事件があったばかりですから、こんな休暇があっても良いと思いますよ」

「そういうものかな……シスレ？」

僕が膝上のクムラの髪を撫でていると、不意にシスレは椅子から立ち上がり、ファムの眠るソファへと移動。そして何をするのかと思えば、彼女は僕がクムラにしているように、ファムの頭を自分の膝上に乗せた。

その行動の意図は？

言葉にして尋ねる前に、シスレはファムの髪を撫でながら言った。

「クムラ様がヴィル様の膝で眠っているというのに、ファム様には何もなしというのは可哀そうですからね」

「優しいね」

「聖女ですから。機会があれば、今度ヴィル様にもさせてください。貴方の可愛らしい寝顔を、間近で見てみたいので」

「そんなに良い寝顔じゃないと思うけど……機会があれば、お願いするよ」

微笑と共に要望を口にしたシスレに、僕はそう返した。

そんな機会があるのかは、わからないけどね。

胸中でそう呟きながら。

◇

二日後、陽が天の頂に到達した正午。

「流石は天空列車の最高級車両。とても快適な旅路だよ」

柔らかく座り心地の良いソファ。そこに深く腰を落ち着けたクムラは、片手に持つ琥珀色の液体が入ったグラスを見つめながら、とても上機嫌そうに言った。

「街中を走る鉄道みたいな揺れもないし、窓の外に見える景色も綺麗で、おまけに一両貸し切りで他の乗客を気にする必要もない。隣には旦那様もいるし、これ以上ない旅の道中だ。こんなに素晴らしい移動時間はそうそうないし、この機会に婚姻届にサインしないかな、ヴィル？」

「繋げ方が無理矢理すぎるし、なんでそんなものをここに持って来ているんだよ。何を言われてもサインはしないからね」

「ヴィルのケチ！　堅物！　早寝早起き朝ごはん！」

「それ悪口なの？」

懐から取り出した婚姻届の用紙を片手で握りしめて頬を膨らませるクムラに、僕は肘掛けに頬杖をつきながら呆れた目を向け溜め息を吐いた。

今、僕たちは天空列車と呼ばれる乗り物の中にいる。ブリューゲル王国は王都ピーテルがある本島以外にも、領土内に大小合わせて百を超える浮遊島を有している。当然のことながら、空に浮かんでいる島々を繋ぐものは何もない。地上のように大陸と細い大地で陸続きになっていることも、島と島の間を船で移動することができる海も、連絡橋も存在しない。

全ての浮遊島が絶海ならぬ、絶空の孤島。僕たちが乗っている天空列車は、そんな島々への移動を可能にした魔法技術の結晶なのだ。難解で複雑、熟練の魔法師であったとしても大半が理解に苦しむ高度な魔法を幾つも付与し、その負荷にも耐えることのできる素材を開発し……多くの技術者や魔法師が力を合わせた集大成。世界で唯一、ブリューゲル王国だけが保持する門外不出の空飛ぶ列車だ。道も大地も海もない、空気しか存在しない空を駆ける。

今ではブリューゲル王国の名物となっており、特に観光客から絶大な人気を誇っている。この国に来たら必ず天空列車に乗れと、旅人の間では言われているほどに。

高い人気を誇ることから、基本的には平日休日問わずに列車内は混雑している。が、僕たちが乗っているこの車両には他の乗客はいない。当然だ。ここは天空列車の中でも特別、限られた地位を持つ者しか利用することのできない、貸し切りの特別車両だから。この場にいる二人の魔導姫のために、列車の責任者が用意してくれたのだ。しかも、無償で。

魔導姫というのは、本当に至れり尽くせりだな。この待遇に見合うだけの役目を担っているのだろうけど。

「車両の貸し切りは当然の判断ですよ、ヴィル様」

窓の外に広がる空の景色を眺めていると、近くの座席に腰掛けていたシスレが僕に告げた。

「我々魔導姫は、ブリューゲル王国における最重要人物。並大抵の貴族では比較することすらできない身分の魔導姫を他の一般客と一緒の車両に乗せようものなら、最悪の場合責任者の首が飛びます」

「そ、そういうものなんだ……」

「そうです。たった一人で国家間のパワーバランスを大きく変化させる魔導姫は、常に様々な者から狙われる身でもありますから。魔導姫の殺害や誘拐などの重大事件の発生を、貸し切り車両を提供することで防いでいるのです。万が一のことが起きないよう、未然に」

「そういうことだよ、ヴィル」

座席から立ち上がったクムラは壁際のワインセラーに歩み寄り、そこに格納されていたワインボトルを一本手に取り、栓抜きでコルクを抜きながら言った。

「私たちが特別待遇を受けるのは、国が決めたことなんだよ。仮にこちらが辞退しようとすれば、運営側に迷惑をかけることになってしまう。だから堂々としてればいい。申し訳ないって思う必要は、何処（どこ）にもないよ」

「いや、別に僕は申し訳ないとは——」

「うーそ。列車に乗る前からそんな顔してたよ」

クムラは僕を見つめたまま、自分の頬をトントンと人差し指で軽く叩（たた）いた。

申し訳なさそうな顔って……本当か？　真偽を確かめるためにシスレを見ると、彼女から返ってきたのは一つの頷（うなず）き。それが意味するのは、クムラの言っていることは真実である、ということ。

僕は苦笑した。どうやら、僕は自分が思っている以上に考えが顔に出るタイプらしい。

認めよう。確かに僕は、こんなに豪華な車両を無償で利用させてもらうことに、罪悪感のようなものを抱いていた。でも、二人の話を聞いて、その罪悪感は無駄なものだとわかった今、それを抱き続けるようなことはしない。

ありがたく、この場所と時間を満喫させてもらうことにしよう。

「ところでクムラ」

「ん？　なに？」

「さっきから言いたかったことなんだけどさ」

ワインボトルからこちらに視線を移したクムラに、僕は細めた目を向けた。

「幾ら自由に飲んでいいと言われているからって、備え付けられている酒を次から次へと空ける必要はないんじゃない？　というか、これからシスレのお母様に——エーデンベルム家の当主様に会うっていうのに、酒を飲むなんて……酔った状態で面会するのは、あまりにも無礼だろう。激怒されても知らないよ？」

「その辺りは大丈夫ですよ、ヴィル様」

先ほどまでクムラが座っていた僕の隣の座席に座り、シスレは僕の心配を無用と断じた。

「クムラ様が大の酒好きで、常に飲酒していることは母も知っています。対面する時に酔っている程度のことでは怒りませんよ」

「いや、だとしても国の権力者に対して無礼すぎると思うんだけど――」

「クムラ様は陛下の前ですら飲酒しているのですから、今更だと思います」

「………そうだね」

僕は何も言えなかった。確かに考えてみれば、クムラは最高権力者である国家元首と対面する時ですら酔っている。エーデンベルム家の当主がそれを知らないはずはないし、それを承知で、シスレのお母様は面会を要望したのかもしれないな。本当なら許される行為じゃないいんだけど……魔導姫というのは本当に、何から何まで特別待遇だ。

「大丈夫だよ、ヴィル」

赤紫色の液体が入ったワイングラスを片手に壁際のソファに深く腰を落ち着けたクムラは、任せろと言わんばかりの自信に満ち溢れた声と表情で言った。

「私の肝臓が持つアルコール分解能力は常人の百倍はある。到着までは五時間くらいあるし、シスレのお母様に会う頃には完璧に酔いは覚めてるよ」

「二日酔いで苦しんでいた君が言っても説得力ないよ。それに、どうせ到着する直前まで飲んでるじゃないか」

「まぁね。あ、じゃあヴィルが私にキスしてアルコールの分解を加速させてよ」

「キスで加速するのは心臓の鼓動だけだろ。くだらないことを――ぁ」

そこで、僕は気が付いた。

もしかしなくても今、僕はかなりマズイことを言ってしまったのではないか？　この二人の前で口にすれば、即座に危険な目に遭うような、とんでもないことを。

いけない。すぐに訂正しなければ。失言に気が付いた僕がすぐに発言を撤回しようと再度口を開いた――時には、既に遅かった。瞳をキラリと輝かせたクムラとシスレが俊敏な動きで僕の逃げ場を塞ぎ、詰め寄ってきた。

「ヴィル、君は今認めたね？　キスしたらドキドキするって認めたよね？　私とキスした時も胸を高鳴らせて性的欲求を極限まで高まらせたって認めたよねッ!?」

「とても興味深い発言でしたね、ヴィル様。実際に確認してみたいので、これから私と濃密で濃厚で特濃な口づけを五時間ほど行いませんか？」

「あぁもう失言だったから撤回するよッ！　とにかく離れてくれ、二人とも！」

「「嫌です」」

「こんな時だけ息を合わせやがって……」

僕が見せてしまった油断と隙を完璧に突いた二人に、僕は思わず肩を落とした。

今、僕は身動きが取れない状態となっている。右隣には僕の腕を抱え込むシスレがおり、正面には僕の左肩に手を置き、僕の顔を覗（のぞ）き込んでいるクムラがいるのだ。退路はない。背中にあるのは背凭（せもた）れと列車の内壁のみ。腕力は僕のほうが強いので、強引に振り払うことはできるだろうが、当然彼女たちに怪我（けが）をさせるわけにはいかないので、その選択肢は事実上封じられている。

　完全に失言だった。あんなことを言えば、二人が今のような行動を取ることは容易に予想できたはずなのに……油断した。どうして口にしてしまったのかと、今になって悔やむばかりだ。

　しかし、悔しさに停滞している場合ではない。十数秒前から二人の視線が僕の唇に集中しており、このままでは二人がかりでそれを奪いに来てしまう。身体と貞操の危険をひしひしと感じる。現実になる前に、何とかしなくては。

　本能が伝える危機感に身震いし、僕はシスレに顔を向けて彼女に尋ねた。

「そ、そうだシスレ。エーデンベルム家に到着する前に、君のお母様がどんな人物なのかを聞いておきたいんだけど――」

「ヴィル様は年齢の離れた人妻に関心があるのですか？」

「ちょっとヴィル？　それだと私は一度誰かの嫁になる必要があるんだけど？」

「そういう意味じゃないからッ！　実際に会う前にどんな人柄なのかを知っておきたいだけだから！」

　想定外の疑いを二人から掛けられ、僕は慌てて弁明した。

　僕は既婚女性に興味を持つような男ではない。可能ならば自分と同じくらいの年頃の乙女と恋愛がしたい。古文書や禁書を解読できる天才少女は魅力的だし、若くして国を守護する役目を担う少女も素敵だ。身分や立場があっても愛さえあれば関係ないよね。など、僕は命乞いをするようにそんなことを言った。

　そんな必死の弁明が功を奏したらしい。放出していた怒気と殺気を消した二人は僕を解放。そして、シスレが先の僕の問いに答えた。

「私の母は、何と言いますか……本当に母といった感じですね」

「？　どういうこと？」

　あまりにも抽象的な表現に首を傾けると、シスレは適切な言葉を模索する沈黙を数秒挟んだ後、説明した。

「物腰も口調も常に柔らかくて、全てを包み込み、受け入れるような寛容さを持っています。その一方、間違っていることを正すためには手を上げることも辞さない厳しさを宿している。良きことには褒美を、悪しきことには罰を。聖典に記されている聖母と、よく似ているんです」

「……それだと、クムラが叱られそうなんだけど。酔っぱらった状態で面会するなんて、褒められたことじゃないし」

「その辺りの心配は無用です。幾ら母でも、魔導姫を叱りつけるような真似はしません」

「僕としては一度くらい本気で怒られてほしいんだけどね」

「誰かに怒られたくらいで直るほど、私は軽い女じゃないよ？」

「軽い女の定義が間違ってるし、そんなことを誇るなよ」

誇らしげに胸を張ったクムラに言い、次いで、僕はシスレの説明を聞いて意外に思ったことを告げた。

「今のシスレの話だと、王城内で聞いた噂(うわさ)の人物にはまるで当てはまらないね」

「どんな噂を?」

「怒らないで聞いてほしいんだけど……先代聖女は好戦的なバーサーカー」

「あ、それは私も聞いたことある。王城の魔法師たちが話してた。あくまでも噂でしょ?」

「それでしたら、間違いとも言えませんね」

「「え?」」

てっきり否定が返ってくるとばかり思っていた僕たちは、想定外の返答に驚いた。シスレが語った彼女の母からは、まるでそんな不名誉な呼び名が連想できなかったのだけど……。

気になる詳細を求めると、シスレは表情をそのままに言った。

「普段はとても優しい母ですよ。怒ることは滅多にありませんし、いつも穏やかに微笑(ほほえ)んでいます。ただ……王城にいる魔法師と模擬戦をする時も、戦争で命がけの戦いをしている時も、常に表情が変わらないのでバーサーカーという異名がつけられたのです。笑いながら相手を蹂躙(じゅうりん)する、とんでもない聖女、と」

「な、なるほど。そういうことだったんだ」

疑問が氷解したと同時に、シスレのお母様に異名をつけた者の気持ちが良くわかった。

確かに、怖いだろう。戦いの最中でも微笑を崩すことなく、一方的に相手を蹂躙するなんて、敵味方関係なく恐ろしいと思うに決まっている。実際に見れば僕ですら、怖いと思ってしまうかもしれない。

ただ実際には、噂のような怖い方ではないのだろう。娘であるシスレが心の底から信頼しているということが、それを裏付けている。仮に噂通りならば、彼女の声音から信頼が感じられるわけがないから。

噂の真偽について説明したシスレは、こちらに安堵感を抱かせる微笑を浮かべた。

「母の活躍を見聞きした方々は様々な噂を流布しましたが、私にとっては優しくて偉大な、普通の母ですよ。信頼していて、尊敬もしている、自慢の母です。噂を信じて怖がる必要は全くありません」

「大丈夫。シスレの自慢のお母様を怖がったりは――」

「いずれはヴィル様の母にもなる人ですからね」

「それはちょっと違うんじゃないかな？」

「まさかシスレ――ッ！」

何かに気が付いたらしく、目を剝いたクムラは僕から離れシスレへと詰め寄り、彼女の両肩をガシッと摑んだ。

「今日、私を――ヴィルをエーデルベルム家に連れて行くのは禁書の解読だけが目的なんじゃなくて、外堀を埋めるためでもあったの？」

「……フフ。さぁ、それはどうでしょうね」

「この女狐聖女がぁぁぁぁッ!!」

問いに対するシスレの含んだ笑いに、クムラは大声を上げて怒りを表現した。

それを皮切りに、クムラとシスレは先日の王城や禁忌図書館で繰り広げたような口喧嘩を展開する。互いの視線は衝突し、熱を帯び、火花を散らし、徐々にヒートアップしていく。車両内には二人の大きな声が反響する。

王国が誇る二人の魔導姫の衝突だ。彼女たちの素性を知る者がこの光景を見れば、青褪めた顔で必死に仲裁することだろう。だが僕は彼女たちの口喧嘩を止めることはせず、ソファから立ち上がり二人から離れた。

この二人の喧嘩ならば心配いらない。どれだけ大きな感情がぶつかり合おうとも、大ごとにはならないはずだ。口は悪くなり、声は大きくなったとしても、手は出さない。ここには他の乗客もおらず、車両そのものに防音魔法が施されているので、他の車両まで声が聞こえるということもない。

ここで繰り広げられる彼女たちの喧嘩は、誰にも迷惑がかからないのだ。少しすれば収拾がつくだろうし、あまりにも長引きそうなら僕が仲裁に入る。今は、好きにさせておけばいい。

傍（はた）から見ると子猫の喧嘩だな。

そんな感想を胸中で呟（つぶや）きながら、僕は一人掛けの椅子に腰を落とし、二人の魔導姫たちのじゃれ合いを眺めた。

エーデンベルム家はブリューゲル王国が保有する浮遊島の内、五番目の大きさを持つテプラ島を領地としている。数多（あまた）ある浮遊島の中でも特に固有の動植物が多く確認されており、それらを保護するため、島の七割ほどに手つかずの自然が残されているのが大きな特徴だ。

島の東部には独特な郷土料理が有名なケテラルという名の街があり、そこから少し離れた郊外にエーデンベルム家は屋敷を構えている。とても目立つ外観だ。白い石材を主として造られた建物は王都にある大聖堂を思わせ、見る者に神聖さを感じさせる。昼間、陽光が最も強く降り注ぐ時間帯になれば白い外壁が天の恵みを反射して輝くため、旅人からは神の住まう神殿と間違われたこともあるのだとか。草花が生い茂り、数本の木が空に向かって伸びるだけの平原にポツンと立つそれはあまりにも異質で、場違いで、目立っている。

そんな目的地に到着した僕たちは天空列車から乗り換えた馬車を降り、直後、視界に映った光景にやや面食らった。

「あー……私の苦手なやつだ」

隣に立っていたクムラは心底嫌そうな声で言い、コテン、と頭を僕の肩に乗せて盛大な溜め息を吐いた。

クムラが憂鬱になった原因は、僕が面食らったものと同じだ。僕たちが立っている正門前から屋敷の玄関前まで一直線に続く石畳の道、その両端に控えている大勢の使用人。全員が天使族と悪魔族であり、僕たちよりも先に馬車を降りたシスレの姿を認めた途端に美しい姿勢で首を垂れ、そのまま微動だにしない。まるで、来訪した王を出迎えるようだ。

屋敷の主である一族の者の帰還に加えて、魔導姫の来訪。その二つを考慮すれば、使用人総出で出迎えられていることにも納得がいった。

僕は何事もなかったように石畳の上を歩き進むクムラに追従し、彼女に尋ねた。

「凄い出迎えだけど、シスレが帰ってくる時はいつもこんな感じに？」

「流石に違いますよ。私だけの時は、侍従長が出迎えるだけです。今日このように使用人総出での出迎えになっているのは、クムラ様がいるからです」

「身内ではない魔導姫に歓迎の意を示すため、ってことか」

「私はここまでのことは望んでないんだけど……」

「歓迎してもらっているんだから、文句を言わないでよ。魔導姫様」

心底嫌そうに言って僕の肩に額をグリグリと押し当てたクムラの背中に、僕は自分の黒い翼をあてがった。この歓迎は厚意なのだ。迷惑と言って突っぱねるのではなく、たとえ心では思っていなくても、感謝しているように見せなければならない。本心は表面化させず、心の奥底に仕舞いこむのがこの場での礼儀というものだ。なに、立ち並び首を垂れる使用人全員に感謝の言葉を贈る必要はない。嫌そうな、憂鬱そうな顔をせず、堂々と歩けばそれでいいのだ。難しいことじゃない。

僕は正面に見える白い建物に視線を固定したまま、クムラと並んでシスレの後ろを歩き進む。極力、周囲を気にしないようにしながら——と。

「！……当主直々にお出迎えか」

開け放たれた、建物の正面玄関扉。そこから姿を現した人物を視界に捉え、僕は小声で呟いた。

シスレとよく似た顔立ちの女性だ。ウェーブのかかった翠色（みどりいろ）の長髪に同色の瞳。白い修道服にメリハリのある肢体を包んでおり、胸元には六芒星（ろくぼうせい）のネックレスを下げている。優しい性格であると思わせる柔和な笑みを浮かべた彼女は小走りで数段の段差を駆け下り、こちらに向かってきた。

この方が、エーデンベルム家の当主。

天空列車で事前に聞いていた通りだなと思っていると、歩みを止めたシスレが軽く頭を下げた。

「ただいま戻りました、お母様」

「えぇ、お帰りなさい。シスレちゃん」

心の落ち着く、穏やかで柔らかな声を震わせた彼女は両手を大きく広げ、シスレをギュッと抱きしめた。軽い力と大きな愛情の込められた、苦しみのない抱擁。シスレはそれを振り払うことなく受け止め、抱擁を返した。

再会した母娘のやり取りに、僕は顔を綻ばせた。

僕には家族どころか親族と呼べる続柄の者もいないため、今のシスレの気持ちを理解することは難しい。だけど、そんな僕でもわかる。母親からの愛ある抱擁に、シスレはとても喜んでいる。後方からは彼女の表情を窺い知ることはできないけれど……彼女が纏う雰囲気がとても柔らかくなったから。

家族というのは、僕が思っていた以上に温かいものなのかもしれない。

抱擁する母娘を暫くの間眺めた後、僕は先ほどから僕に身体を寄せているクムラに視線を向けた。

「クムラ、そろそろ——ッ」

　僕は途中で言葉を止めた。

　全身で感知した、殺意と敵意。和やかで平穏な空気が一瞬にして崩壊し、全身の肌が瞬時に粟立った。

　マズイ、危険だ。即座に移動し、クムラを護れ。敵を屠り、命を護るために動け。

　警鐘を鳴らした本能に従い、僕は考えるよりも先に行動に移した。

「え、ヴィル？」

　驚きに身体を硬直させたクムラを右手で抱え込み、足元の石畳を蹴り後方へ跳躍。着地と同時にクムラを背に隠し、翼で彼女の身体を覆い、愛用の武器である黒い大鎌の切っ先を殺意の持ち主に向けた。

　シスレを抱擁したまま、細めた翠色の目でジッと僕を見つめる——エーデンベルム家の当主へ。

　瞬きもせず、僕は彼女を睨み返す。

　何のつもりかはわからないが、来るならばこちらも反撃する。万が一、クムラに危害を加えるというのならば、躊躇うことなく首を刎ねる。嘘ではない。僕は本気だ。そんな意志を宿した視線を、眼前の彼女に突きつけた。注がれる威圧と殺意に対抗するために。

　突然武器を構えた僕に使用人たちが騒めき、空間に緊張が走る。誰もが口を閉ざしたま

ま、一触即発といった空気が漂う。

　これからこの場で、殺し合いが始まる。

　誰もがそう思い、額に嫌な汗を浮かべた——その時。

「流石の危機察知能力ね。これなら、安心してお願いすることができるわ」

　何処（どこ）か嬉（うれ）しさを感じさせる声音で言い、僕に向けていた殺気と敵意を霧散させた後、シスレへの抱擁を解いた彼女はこちらへと歩み寄ってくる。若干、左足を不自由そうに引き摺（ず）りながら。

「初めまして、知恵と知識の魔導姫様。それから護衛さん。エーデンベルム家の当主、エフィア＝エーデンベルムです。この度は私の要望を聞いてくださり、誠にありがとうございます」

　礼を告げ、深々と頭を下げた彼女——エフィア様に、僕は構えていた大鎌を下ろしながらも、警戒心をそのままに尋ねた。

「ご丁寧にどうも。こちらも名乗るべきなのでしょうが、エフィア様。その前に、今の殺気と敵意の意図をお教えいただいてもよろしいでしょうか？　納得できる理由を説明していただかないと、僕は警戒を解くことができません」

　強烈な殺意だった。

　あれだけ濃密で明確な害意というのは、久しく向けられた記憶がない。以前、僕に禁書を奪われた犯罪者たちですら、あれほどの殺気は出していなかった。

僕が納得できなければ臨戦態勢を解除することはできないし……何より、クムラへの接近は許可できない。

警戒心を剝き出しにした僕の問いに、エフィア様はまず、謝罪を口にした。

「ごめんなさい。今の殺気は少し、確認のようなものです」

「確認？　何の？」

「噂に聞く魔導姫の守護者が、殺気や気配を感知することができるかの。重要なことですから」

「？」

説明を聞いても、僕は理解できなかった。僕が殺気を感知することができるかの確認って、どうしてそんなことをする必要があるのか。僕たちは今日、ここに禁書の解読をしに来たのだ。仕事をするのは主にクムラであり、僕の出番はないはず。

……さっき、お願いがどうとか言っていたけど、もしかしてそれと繫がりがあるのだろうか。嗚呼、知りたいことも聞きたいことも盛りだくさんだ。まずは何から聞けばいいのか。

「ヴィル様」

警戒と疑問で混乱している最中、こちらに歩み寄ってきたシスレが僕とエフィア様の間に割り込んだ。

「母が大変失礼しました。お二人に危害は加えませんので、警戒を解いていただいて大丈夫です」

「いや、シスレ。悪いけど安心できな――」

「私がお二人の味方になります。仮に母が危害を加えるようなことがあれば、共に戦いますので、どうか」

「……わかったよ」

シスレの訴えに応じ、僕は肺を満たしていた空気を吐き、気を緩めた。

彼女のことは信用している。魔導姫である彼女がこちらの味方になってくれると約束をするならば、僕も引かざるを得ない。

僕が肩の力を抜いたことを確認したシスレは次いで、エフィア様を睨んだ。

「お母様。ヴィル様を試した意図は理解できますが、何の説明もなしに行うのは無礼が過ぎます。彼に首を刎ねられても文句は言えませんでしたよ」

「事前に殺気出すって伝えたら意味がないでしょ？　警戒はされちゃったけど、期待以上の反応を見せてくれて私は大満足だから、結果オーライよ」

言葉通り満足そうな笑みを浮かべたエフィア様は屋敷のほうへと手を向けた。

「中へどうぞ。禁書のことも、今のことも、お話はお茶をしながらにしましょう」

「えぇ、わかりました」

大鎌を肩に担ぎ直し、僕はエフィア様の提案を受け入れた。

どの道、禁書を解読するためには事情を聞かなくてはならない。いつまでも屋敷前にいるわけにはいかないし、ここは大人しく従おう。シスレもこちらの味方をしてくれるようだし、必要以上に警戒しなくてもいい。

「びっくりした……」

一連の出来事を無言で見守っていたクムラは身体の緊張を解し、安堵の声を零した。

「到着して早々、厄介なことにならなくて良かった。ヴィル、本当に戦う気だったでしょ。やめてよ～、心臓に悪い。エフィア様が怪我することになったら、陛下に顔向けできないじゃん」

「仕方ないだろ。あれだけの殺気を向けられたら、僕も応戦せざるを得ない。クムラの安全を守るためにね」

「そうだけど……はぁ、エフィア様がバーサーカーと呼ばれている理由が良くわかったよ」

「本当に申し訳ございません、お二人とも」

屋敷の扉へと歩きながら、シスレは僕たちに謝罪した。

「信じていただけないかもしれませんが、母は本当に危害を加えるつもりで殺気をぶつけたわけではないのです」

「シスレが言うなら信じるけど……じゃあ、何のために？」

「詳細は後ほど母から直接説明されると思いますが、ヴィル様に一つお願いがありまして。そのために必要なことだったと、ご理解いただければ幸いです」

「ねぇ、シスレ」

扉を潜(くぐ)り屋敷の中へと足を踏み入れながら、クムラはシスレに尋ねた。

「そのヴィルへのお願いっていうのは、エフィア様が左足を引き摺っていることに関係してるの？」

問いの言葉を口にしている時も、クムラは視線を前方に固定したままだ。僕たちがいる場所の少し先でお茶の用意を使用人に頼んでいるエフィア様の、左足に。

「流石(さすが)の洞察力ですね」

シスレは感嘆の声を上げ、頷(うなず)いた。

「その通りです。母はヴィル様に、足を負傷した原因の対処をお願いしたいそうで」

「原因っていうのは？」

「それについては、後ほど母から。実を言うと、私も詳細は把握していないので……」

強い興味を宿してエフィア様を見るシスレから視線を外し、僕は考えた。

僕が長(た)けていることは戦いだ。危険因子を排除し、掃討することが、僕に与えられた役目と言ってもいい。

現在の時点で手元にある情報から推察するに、エフィア様は自分の足を負傷させた存在の排斥を僕に頼もうとしているのだろうか。

仮にそうなのだとすれば、標的が気になる。

エフィア様は先代聖女として王国の守護に深く携わられた御方だ。その実力は本物で、若かりし頃は敵なしとまで言われたほどの強者。戦士とすら表現できる方を負傷させるなんて、只者じゃない。

腕利きの殺し屋か、或いは禁断の魔法によって生み出された生物か。とても興味が湧く。早く話を聞かせてもらいたい。願望を宿した視線で前方のエフィア様を見やった後、僕は『それにしても』と呟き周囲を見回した。聖女の称号を継承する一族の住まう屋敷内を。

「本当に聖堂みたいな建物だね。壁も石柱も、王都にある大聖堂とそっくりだ」

「大昔は本当に聖堂として使われていたのよ」

いつの間に傍にいたのか。使用人とのやり取りを終えたエフィア様が僕の感想にそう言って、この建物の歴史を語った。

「建造されたのは今から三千年ほど前。それから二千年程度は祈りを捧げる集会所や、儀式を執り行う聖堂として活用されていたの。けれど何があったのか、ある時期を境に人が立ち入らなくなって、二百年ほど放置されていてね？　エーデンベルム家が島の領主となった時に、立派な建物だから取り壊さずに改修して屋敷として使うことにした。それが、およそ八百年前。その時から今現在に至るまで、何代にも亘ってこの屋敷は継承されているのよ」

「三千年って……耐久性とか大丈夫なんですか？」

「その辺りのことは問題ないよ」

　僕の疑問に答えたのはクムラだった。

「この建物には古代の劣化防止や耐久強化、防腐魔法が幾つも施されている。これだけ重ねがけされているのに、魔法同士の歪は一つも存在していない。このまま何事もなければ、あと二千年くらいは余裕で立っていると思うよ」

　ニヤッと笑い、どんなもんだとばかりの表情で僕を見つめるクムラの周囲には、黄金に輝く光の文字が幾つも漂っていた。

　それは彼女が保有する魔導羅針盤――全知神盤が内に宿す魔法を発現した証拠であり、クムラが魔法を使用した証明でもある。どうやらクムラは自らの魔法を行使し、即座にこの屋敷を解析したようだ。流石は知識を司る羅針盤。この建物に施されている魔法の解析など、造作もないらしい。

　しかし……凄い耐久力だ。

　これまでの三千年と今後の二千年、合わせて五千年。それだけの時間の流れに耐えることができる建造物など、世界にも十と存在しないだろう。進化と発展を遂げた今の魔法で補強したとしても、二百年もすれば劣化し崩壊してしまう。

時の流れと共に失われてしまった超魔法が幾つも施された、世界的に価値の高い建造物。それがここ、エーデンベルム家の屋敷なのだそうだ。

「へぇ、それがクムラちゃんの持つ全知の羅針盤……」

「え、ちゃん？」

親密な関係の者が用いる呼称と、砕けた話し方。

光の文字を霧散させたクムラはやや驚くが、エフィア様はそれに触れることなく、とある白い扉の前で立ち止まった。そして、クムラが胸元に下げている全知神盤(グリフ)を注視する。とても興味深そうな目で。

「保有者が求める知識や情報を与える力を持つ、奇跡の羅針盤。噂では、どんなことでも教えてくれるそうだけど、本当なの？」

「い、いいえ。何でも、というわけではありません。あくまでも、全知神盤(グリフ)に格納された魔法によって調べることのできる情報のみです。……今は」

「今は、ね」

クムラが最後に付け加えた言葉を復唱したエフィア様はスッと目を細め、僕を見た。全知神盤(グリフ)を見た時よりも更に強い興味を、その瞳に宿して。

このタイミングで僕を見るということは……知っているのだろうか。僕が『神が創りし羅針盤』の真価を引き出す力を持っていることを。

不思議ではない。地位と権力を持つエフィア様ならば、数多の伝手を使い情報を収集することができるだろう。いや、伝手などいらない。彼女は魔導姫であるシスレの母親だ。陛下から僕の力のことを聞いていたとしても、全く不思議ではない。

どこまで追及されるのだろうか。

揺れ動く心を悟られないようエフィア様を見返す。だが予想に反して、エフィア様は何も言わずに僕から視線を外し、眼前の扉を開いた。

「依頼に関係のない話は本題が終わってからにしましょうか。どうぞ中へ。すぐにお茶と――禁書を持ってくるから」

僕たちが通された応接の間は、とても不思議な空間だった。

全てが白い。天井も、床も、壁も、柱も、室内を照らす光さえも、あらゆるものが白で染まっているのだ。部屋の中央に置かれたソファとテーブルも当然白く、それ以外の家具や調度品は一切存在しない。豊かさを象徴する高価な品が並べられていない点に着目すれば質素や簡素といった言葉で表現することもできるのだが、この空間にそんな言葉は似合わない。強引に適した表現をすれば、異質。その一言につきる。

不思議な感覚だ。口を閉ざし、大人しくソファに座っているだけで、まるで精神や夢の世界にいるような、現実とは違う場所にいるような錯覚を覚える。この世ではない空間に迷い込んでしまったかのような、そんな感じだ。

「全然落ち着かない」

僕の隣に腰を下ろしたクムラは背凭れに背中を預け、天井から吊り下がる純白のシャンデリアに視線を固定したまま言葉を零した。彼女は今の発言通り、落ち着かない様子で何度も姿勢を変えている。そんなクムラに、対面のソファに座るシスレが言った。

「この応接の間へ通された来客は皆、同じことを言います」

「だろうね。この部屋、あまりにも白過ぎるんだもん。なんでこんなに白いの？」

「この部屋はかつて、高位の神官が七日間の祈りを捧げる儀式の際に使用していた部屋なんです。神官が余計な雑念を振り払い精神統一を図るために白一色で造られた、と伝わっています」

「儀式部屋だったのかー……白いのも納得だよ。古くから白は清潔で高潔、穢れのない美しい色として扱われていたからね」

何度も頷き、クムラは白いソファに触れた。

「この部屋が造られた意味を反映して、最低限の白い家具だけを設置しているわけか。なら、文句も言えないかな……ねぇヴィル、ちょっと落ち着きたいからハグしない？」

「絶対に落ち着かないから嫌だ」

僕のほうへと身体を傾け体重を預けてきたクムラに返し、僕は先ほど使用人の女性が淹れてくれた紅茶の入ったティーカップに口をつけた。するとそれが気に食わなかったらしく、彼女は僕の肩に頭をグリグリと強く押し付け抗議の声を上げた。

「冷たい！　ハグを求める乙女は無言で抱擁することって法律で決まってるでしょ！」

「そんな法律は制定されていないし、多分これから先も制定されることはないよ」

「……私が政治家に圧力をかけたら制定されるんじゃ？」

「おい待てやめろ」

危険なことを口走ったクムラを僕は本気で引き留めた。実際に出来てしまう。魔導姫であるクムラがあらゆる方面に圧力をかければ、無茶な法律を制定させることも不可能ではないのだ。冗談じゃない。ハグを求められたら応じなくてはならない法律なんて、下手をすれば大規模な抗議活動の火種になるぞ。

「安心してください、ヴィル様」

僕が懸念していることを察したのか、シスレはこちらに親指を立て、告げた。

「仮に制定されたとしても、適用されるのはヴィル様だけですので」

「何処に安心できる要素あったの？」

「制定された暁には私も活用させていただきます。ですので……クムラ様、今日の夜にでも陛下宛ての提案書でも送りましょうか」

「お、いいね～」

「洒落にならないから本当にやめてくれよッ!?」

と、魔導姫二人による本当に洒落にならない提案に悲痛な叫びを上げた時。

「お待たせ」

部屋の扉が開かれ、エフィア様が入室した。対面した時から変わらない微笑を浮かべる彼女の手には、室内の色と相反する真っ黒な正方形の箱。金属のような光沢を帯びており、見ただけで硬質であることが窺える。

あれが、今回の。

箱の正体に見当がついている僕たちが無言で視線を送る中、エフィア様は音を立てないよう配慮しながらそれをテーブル上に置き――上部の蓋を外し、中身を取り出した。

「これが、今回の禁書ですか」

「えぇ、その通りよ」

クムラの問いに、エフィア様は肯定の頷きを返した。

机上に安置されたそれは、一冊の赤い本だ。表紙には何の文字も書かれておらず、タイトルは不明。大きさは書店で販売されている書物と大差ない。湿気や光で劣化しているらしく、横から見えるページはやや色褪せている。正しく古書という外観だ。

そして――禁書の特徴である、マナの内包も確認できた。

禁忌図書館の禁断書庫に封印されている代物のように、可視化するほどの濃密なマナを内包、放出しているわけではない。けれど確かに、肌に伝わる微弱な雷にも似た感覚はマナのそれである。

眼前の書物を十数秒ほど見つめた後、クムラはエフィア様に尋ねた。

「中を確認しても？」

「勿論」

許可を得て、クムラは禁書を手に取り中を開いた。

禁書は危険な代物だ。触れた者、読んだ者に悪影響を与える類のものも多い。過去には禁書を読んだことで命を落とした、という事件も発生している。容易に命を奪うことのできる凶器。眼前のこれがその類の禁書であっても、全く不思議ではないのだ。

取り返しのつかないことになる前に対策を。僕はクムラが白紙のページを捲った直後、彼女の首筋に左手を当てた。

「え、なに――あぁ、忘れてた。ありがとね、ヴィル」

「どういたしまして」

クムラが告げたお礼の言葉に、僕は短く返した。

通常、禁書の解読を行う際は高度の対魔・対呪魔法を同時に複数発動し、禁書による悪影響から解読者を守るための準備を入念に行う。

禁書による事故や事件の報告は世界各地で多く上げられており、その新たな被害者・犠牲者とならないように万全の対策をするのだ。国内の図書館や研究所では禁書解読の際に使用する魔法が規則によって定められ、違反者には厳しい罰則が科されることになっている。

本来であればクムラも禁書解読の規則に則(のっと)り、数多の防護魔法を展開しなくてはならないのだが――僕の存在が、それらの手間を不要にするのだ。

特異体質。

魔法師が用いる魔法や禁書による呪いなど、マナを起因として発生する事象による影響を一切受けず、また触れた相手に同様の体質を付与する。それが、僕の体質だ。つまり僕が触れている間はどれだけ禁書に触れようと、解読しようと、心身共に如何(いか)なる悪影響も受けないということである。日常的に危険な書物に向き合うクムラにとって僕の体質は都合が良く、この体質が判明してから今日に至るまで、彼女が禁書を解読する際は僕と接触しながら行っている。

クムラの首筋に触れたまま、僕は彼女の真剣な横顔から手元の禁書に視線を落とした。

そこに記されていたのは、様々な動物を模(かたど)ったような文字と、直線から成る文字が組み合わさった文。何一つ理解することのできない文章がぎっしりと、ページを埋め尽くしている。一日の大半を禁忌図書館で過ごしているおかげで、僕も様々な文字を目にしてきたが、この本に記されている文字は記憶にないものだった。

「これは……」

ページの文に視線を滑らせながら悩まし気に呟いたクムラは片手で胸元の全知神盤に触れ、先ほどのように自分の周囲に光の文字を出現させ——告げた。

「ここに記載されているのは、獣骨文字ですね」

「獣骨文字、ですか？」

クムラが口にした単語に、シスレは頭上に疑問符を浮かべて小首を傾げた。隣に座るエフィア様も同じような反応をしている。

獣骨文字。クムラはページに視線を落としたまま、僕も初めて聞いたその文字について解説した。

「獣骨文字は今から八百年ほど昔、ブリューゲル王国の極一部で使用されていた文字です。獣と骨を模った象形文字ですが、使用していた部族が八十年ほどで滅んだため現代まで残っている記録がほとんどありません。未解読のままの古代文字の一つ……いえ、そもそも存在自体知られていない文字ですね。研究者であっても、知っている者がどれだけいるか」

「えっと、つまり……解読できないということかしら？」

クムラの説明を聞いたエフィア様は不安そうに尋ねた。

確かに、肝心なのはそこだ。記録がほとんど残っていないということはつまり、解読に必要な資料が存在しないということ。解読したい古代文字だけでは、解読できるわけがなかった。

ただ、それはあくまでも普通の学者や研究者ならばの話。生憎、僕の上司であるこの少女は、普通ではないのだ。

「解読は可能ですよ、当然」

エフィア様の不安を払拭するように力強く言い、クムラは自分の胸に手を当てた。

「お忘れですか？　私は知恵と知識を司る、叡智の魔導姫です。私に解読できない言語は存在しません。過去も現在も未来も、あらゆる時間から情報を収集し、解読してみせます」

「……頼もしいわね」

大きな自信を感じさせるクムラの宣言に、エフィア様は嬉しそうに言った。

自信過剰などではない。彼女にはこれまでも解読不能と呼ばれた禁書や古文書を解読してきた実績がある。正真正銘、王国で一番の学者だ。彼女の頭脳と全知神盤の魔法に解読できない書物など存在しないだろう。

それに、今は言わなかったが彼女には奥の手がある。

それを使えば、確実に禁書の内容を知ることができるのだ。あくまでも最終手段なので、今の時点では使うつもりはないけれど。

「じゃあ、次は……ヴィル君への依頼ね」

そう言って、エフィア様はクムラに向けていた視線を僕に移した。

無意識の内に、僕は背筋を真っ直ぐに正す。ようやく疑問の答えを知ることができる。

僕は一体何をお願いされるのか。

いや、違うな。何をお願いされるのかは既にわかっている。僕が知りたいのは――一体誰を殺せばいいのか。その答えを求めてエフィア様を見つめ返すと、彼女は一度湯気の立つティーカップに口をつけ、呼吸を一つ挟んだ後、僕の求める答えを告げた。

「ヴィル君には――魔物を倒してほしいの」

「……魔物？」

微塵も想定していなかった答えに呆然とし、僕はその詳細を求めてシスレを見た。しかし、返ってきたのは首を左右に振る否定。即ち、シスレもエフィア様の言っていることがわからない、というものだった。

なんだ、魔物って。召喚魔法によって顕現する竜や獅子などの魔法生物のことだろうか？　それなら、それらを召喚している魔法師のほうを叩かなければ事態は何も改善しないのだけど……エフィア様の口ぶりからして、そういった類のものではないらしい。

　駄目だ、考えても全くわからない。

　頭上の疑問符が次々に増えていく中、僕と同じく詳細を知らないシスレがエフィア様に問うた。

「お母様。その魔物というのは、一体なんですか？」

「そのままの意味よ。異形の存在と言ってもいいかしらね。巨大な魚に人の腕や足が生えていたり、蛾の羽を携えた百足だったり、ガチョウの身体を持つ蜥蜴だったり……とにかく、視界に入れただけで不快になるような悍ましい姿を持つ者たちよ。しかも、その全てが単体で強い」

「そんな謎の生命体が、この屋敷に？」

「えぇ。二週間前の夜に初めて姿を現してから、毎晩のようにね」

　エフィア様は自分の左足を擦った。

「最初は私一人で問題なく倒せていたんだけど、日が経過するにつれて、魔物たちは連携して私の弱点を突くようになってきてね。私も衰えたわ。四日前には遂に足を負傷しちゃって、それ以降は屋敷の敷地内に防護魔法を何重にも展開してやり過ごしている状況よ。幸い、魔物たちは朝になると消えていくから持ち堪えることができているけど……このまま倒さずにいると、いつかは結界を破られてしまいそうで」

「それでエフィア様の代わりに、討伐を僕に頼みたい、と」

「えぇ。ヴィル君がとても強いことは陛下やシスレに聞いていたし、屋敷前での殺気に対する反応も完璧だった。貴方になら、安心して任せられると思ったわ。どう？　引き受けていただけないかしら」

僕は即答せず、回答を保留にした。

エフィア様を負傷させるほどの強さを持つ魔物の正体は何なのか、何故この屋敷の敷地内に出現したのか、色々と知りたいことは多くある。

だが、その疑問は一先ず頭から切り離そう。きっとエフィア様にもわからないだろうから。

事情は把握した。つまり僕が頼まれているのは普段の役目と全く同じ、危険な脅威の排除だ。何も難しいことはない。いつも通り、害ある存在を斬り伏せるだけ。

個人的には二つ返事で引き受けてもいいと思っている。だが、今回のような危険を伴う依頼は、僕一人の意思で受諾を決定できるものではないのだ。

「ちょっと待ってください」

予想通り、隣で話を聞いていたクムラが禁書に落としていた視線を上げ、エフィア様に言った。

「元とはいえ、聖女様を負傷させる強さを持った危険な存在の討伐なんて……簡単には引き受けられませんよ。彼の身に何かあったら、どうするんですか」

「あら、クムラちゃんはヴィル君の実力を信用していないのかしら？　彼の強さは日頃から彼に護られている貴女が一番理解していると思っていたのだけど」

「そ、それはそうですが……けど」

「大丈夫よ。ヴィル君なら、万が一にも大惨事にはならない。だって――」

不安を隠しきれていない表情で僕を見るクムラに、エフィア様は告げた。

僕たちの動きと思考を停止させる、一言を。

「彼もまた――『神が創りし羅針盤』に選ばれた魔法師なのでしょう？」

「「……」」

クムラとシスレは硬直したまま目を見開き、僕は静かに瞼を下ろした。

可能性については考えていたけれど……知っていたか。

僕が魔導姫と同一の力を持つ事実は、国内では僕たち三人とファム、そして陛下しか知らない極秘事項のはず。他に知っている者は存在しておらず、口外する者もいない。

一体何処から、この情報を入手したのか……いやそれよりも、エフィア様以外にもこの秘密を知る者がいるのだろうか？　だとしたら遠くない未来に、様々な国が僕の力を知ることになってしまう。国を巻き込んだ問題に発展してしまう。

危機感に嫌な汗が額に浮かび、頬を伝い滴り落ちた――と、同時。エフィア様は僕たちの求める答えを口にした。

「安心して。第三者から聞いたわけではないから」

「……では、何処から？」

「つい先日、王都の大聖堂で見たのよ。この目でね」

　エフィア様は自分の目元に人差し指を当てた。

　王都の大聖堂。その場所には心当たりがある。なぜなら先日、僕はそこで自らの力を振るったから。敵の策謀によって殺害されたクムラを蘇らせ、僕自身は死を司る死神へと姿を変えた。その全て、或いは一部を目撃していたというのなら、エフィア様が僕の秘密を知っていても不思議ではない。

　けれど、疑問は残る。

　あの時の大聖堂には僕たち以外、誰もいなかったのだ。仮にエフィア様が大聖堂内にいたのなら、神経を研ぎ澄ませていた僕が気付かないはずがない。いやそれどころか、あの場には僕以外にも常人離れした魔法師が複数いたのだ。隠れることなど不可能だろう。

　その疑問に対する答え。それを告げたのは、シスレだった。

「まさかお母様……未だに監視を？」

「いつもしているわけじゃないわよ。あの時は偶然」

「監視というのは？」

不穏な響きに僕が尋ねると、シスレは呆れたようにエフィア様へ溜め息を吐き、僕に向き直った。

「母は王都の大聖堂の先代管理者なのです。権限が私に引き継がれたばかりの頃は、未熟な私を見守るということで大聖堂内の光景を母の私室にある水晶に映していたのですが……まさか、今も続けているとは思いませんでした」

「魔導姫が襲撃されたって情報が入ってきたから、怪しい者が潜伏してないかと思って大聖堂内を見ていたのよ。結果的に潜伏している者はいなかったけど……まさか、八つ目の『神が創りし羅針盤』の存在を知ることになるとはね」

「「はぁ……」」

クムラとシスレは同時に深い息を吐き、頭痛を堪えるように側頭部へ手を当てた。落胆するのも仕方ない。

長い間隠し通してきた秘密が、こうもあっさりと知られてしまったのだ。これまでの努力は何だったのかと、気が落ちるのは当然のこと。かくいう僕も、彼女たちと似たような気分になっている。

秘密というのは自分の予期せぬ場面で露見するものだな。僕はしみじみとそう思った。

「それでヴィル君？　依頼の件、引き受けて貰えるのかしら？」

「はい。殲滅させていただきますよ」

ソファの背凭れに背中を預け、脱力しながら返した了承。
それを聞いたエフィア様は、とても満足そうな表情で頷いた。

そして時間は流れ、空が暗闇に支配された夜。
「想像以上に気持ち悪いな……」
肌の体温を奪う冷たい夜風が吹き付ける屋敷前。足元に生える丈の短い草を踏みしめながら呟き、僕は右手の大鎌を振るい刃に付着していた青白い液体を払った。大地の草花を同色に染め上げた気味の悪いそれが放つ生臭いにおいが鼻を突き、思わず顔を顰める。この嫌なにおいは確実に大鎌の刃にもこびりついているだろう。屋敷に戻ったら眠る前に手入れをしなくては。
大鎌の石突を地面に突き立てた僕は肩の力を抜いて一息つき――自分の周りに転がる、大量の死骸を見やった。切断面から粘り気のある青白い血液を滴らせているそれらは、その全てが初めて見る姿形をしている。七つの首を持つ蠍や骨の翼を携えた巨大蜘蛛、鳥の翼を持つ腐敗した魚、更には数十種類の生物が合成されたキメラなど、どれもこの世の生物とは思えないものばかり。視界に入れるだけで不快感を覚え、猛烈な忌避感を芽生えさせる。耐性のない者が相対すれば、腰を抜かしてしまうかもしれない。奴(やつ)らの姿は正に、魔物と呼ぶに相応(ふさわ)しいだろう。

これらの魔物はエフィア様からの依頼を遂行しようと僕が門の外に出た瞬間、何処からともなく湧き出て僕に襲い掛かってきた。爪や牙、毒など、各々の身体(からだ)に備わった武器を活用して。正確な数は把握していないが、少なくとも三百体はいただろう。次から次へと向かってくる魔物たちを、僕は片っ端から斬りまくった。その結果が、現在僕の周囲に散乱している死骸、ということである。

強かった。単体でも十分に強いのだが、よりにもよって奴らは連携を組むのだ。それによって攻撃のタイミングを外されたり、予期せぬ奇襲を仕掛けられたり、かなりの苦戦を強いられることになってしまった。幸いにも負傷することはなかったが、エフィア様に傷をつけただけのことはあるな、と素直に感心した。こいつら、やるな——と。

「！　危な……っ」

首筋に走った悪寒に、僕は反射的に背後へ振り向き大鎌を振るった。視界に入ったのは、人間の顔を持つ巨大な蟷螂。鋭い鉤爪(かぎづめ)を持つ長い腕を広げてこちらに飛び掛かってきたが、その凶器を僕に届かせる前に、その肉体を二つに分かたれ絶命した。一拍遅れて噴き出した悪臭を放つ血液から逃れるため、僕は地を蹴り背後に跳躍。死骸は不快な液体を周囲に撒(ま)き散らしながら、直前まで僕が立っていた場所に落下した。もう、ピクリとも動かない。

生命活動を完全に停止させた魔物の死骸を見つめ、僕は屋敷に到着した直後に起きたことを思い出した。

戦っているうちに、エフィア様が僕に強い殺気を向けた理由がわかった。この魔物たちは音を発さないのだ。飛行する際の羽音も、地を蹴る音も、鳴き声も、あらゆる音を発さない。聴覚では接近や存在を確認することができないのである。

その代わり、魔物は強い殺気を発する。肌がチリつくような、強烈な殺意を。それを捉えることができなければ、奴らと戦うことはできない。エフィア様の殺気は、その確認だったのだ。僕が音を発さない相手を察知することができるかの。

幸い、僕は他者からの殺気に敏感だ。それがたとえ魔物であろうと、察知することは容易い。聴覚が頼りにならなくとも、全く問題なかった。

既に一時間、休む間もなく戦い続けた。流石に少し疲れている。休憩するために、一度屋敷の中に戻ろう。ここでは気を抜いて身体を休めることもできないから。

僕は大鎌を肩に担ぎ、束の間の休息を取るため、エーデンベルムの屋敷へと歩き出した。

「お疲れ様です、ヴィル様」

「！……ああ、なんだシスレか」

突然聞こえた声に僕は一瞬身構えるが、それが門の内側にいたシスレのものであると理解し安堵の声を零した。

戦っている最中は常に周囲を警戒し神経を研ぎ澄ませていたせいか、ちょっとした気配や音にも過剰に反応してしまう。危ない。今も虚空に大鎌を振るう寸前だった。安全地帯に入ったら大鎌を手放し、身体を休めることに専念しよう。

門内に足を踏み入れた僕はシスレが用意してくれた椅子に腰を落とし、足元に大鎌を安置した。

「椅子、ありがとうね。シスレ」

「いえ。これくらいのこと、気遣いの内にも入らないほど些細なことですから……それにしてもヴィル様」

全身に浸透する疲労感に脱力していると、シスレは屋敷を囲む柵の向こう側——平原に転がるグロテスクな死骸を見やり、僕に言った。

「とても楽しそうに魔物を屠っておられましたね」

「いや、楽しんではないよ？　ただ単に、魔物があまりにも気持ち悪いから早く全滅させたかっただけでさ」

「そうなのですか？　その割には、魔物を両断しながら笑っている場面を幾度も見ましたが」

「え……マジか」

僕は自分の頬に手を当てた。

無自覚だった。僕自身は真剣そのもので、表情を一切変えることなく魔物を殲滅していたと思っていたのだけど……自分が思っている自分と、他人が見ている自分は全く違うようだ。もしかしたら魔物の攻撃や連携が想像以上に手強く、一瞬の油断も許されない戦いに身を投じていたことで、無意識の内に気持ちが昂ったのかもしれない。

不快な外見の魔物を笑顔で蹂躙する天使……怖いな。出くわしたら大人でも泣き出すかもしれない。

その時の自分を想像し、僕は片手で顔を覆う。と、シスレが僕の肩に手を置き、慰めの言葉を告げた。

「落胆する必要はありませんよ。猟奇的で凶気的な、美しい笑顔でしたから」

「全然慰めになってないよ……」

「私は十分に慰めることができる表情でしたよ」

「いや慰めてほしいのは僕のほう――ごめん失言だったよそういう意味じゃないから落ち着いて立ち止まってほしい」

「慰めをお求めでしたら私が幾らでも慰めてあげますよ、主に身体で」

「いらない！　僕に慰めなんていらないから――ッ！」

獲物を前にした獣のようにギラついた目で距離を縮めてくるシスレに、僕は両手を突き出して制止する。

落ち着こう。僕たちには今、各々が果たすべき役目がある。それを捨てて獣に成り下がるわけにはいかない。思い出せ。僕たちに与えられた使命を！

しかし、そんな僕の強い思いはシスレには届かず。

彼女は一歩、また一歩と着実に僕との距離を詰めてくる。言葉が届いているのかも怪しい。

止むを得ない。シスレを正気に戻すため、彼女の頭に軽い衝撃を与えよう。

決意した僕は椅子から立ち上がり、呼吸を整え右手に手刀を作った――瞬間。

「「――ッ！」」

突如として雷が爆ぜたような轟音が鳴り響き、僕とシスレは我に返った。

今は快晴だ。雷の親となる雲は存在しておらず、頭上には星の瞬く夜空が広がっている。

となれば、今の音の正体は――。

僕とシスレは一度顔を見合わせた後、轟音の発生したほうへと目を向け――二人揃って肩を落とした。

「新たな魔物の登場か」

「そのようですね」

僕は足元の大鎌を拾い上げ、肩に担いだ。

視線の先――正門の外側には、十数体の魔物の姿があった。これまでに僕が屠った奴らと同じく、不快感を誘発する外見をしている。彼らが僕たちに向ける視線には、明確な殺意が宿っている。早くこちらに出て来い。殺してやるからこっちに来い。そんな意思を感じた。

休憩は終わりだ。再び危険な外に出て、蹂躙の続きをするとしよう。

待ち受ける魔物を睨（にら）み、僕はシスレに尋ねた。

「行ってくるよ。結界の耐久は大丈夫？」

「ご心配なく」

僕の問いに短く返したシスレは次いで、こちらに右手を突き出し——そこに握られた、緑と銀の羅針盤を僕に見せつけた。

「私の領護神盤（ウガナフ）は、守護と安寧の羅針盤。如何（いか）なる脅威からの攻撃であろうと、防ぎきってみせます。この私に——護（まも）れない領域は存在しません」

「頼もしい限りだよ、魔導姫様」

信頼できる宣言に僕は口角を上げ、意識を魔物に集中させた。

そうだった。いらない心配だった。彼女はブリューゲル王国の守護者だ。絶対的にして圧倒的な力で、あらゆる脅威から国全体を護っている。屋敷を一つ護ることなど、彼女にとっては造作もないことだ。

余計な気は回さなくていい。僕は自分の任務を——脅威の殲滅だけを考えていればいい。

それだけが、僕の為すべきことなのだから。

　速攻で片づける。

　両断された後の魔物を想像しながら乾いた唇に舌を這わせて湿らせ、僕は膝を屈めて門を飛び越えようと跳躍する——その、寸前だった。


「見つけました……」


　シスレのものではない少女の声に、僕は跳躍を中断した。

　誰だ？　この場には今、シスレ以外の女性はいなかった。陽が沈むと魔物が出現するからと、エフィア様の指示で使用人も屋敷内に退避しているはず。主人の命令に背く従者がいるとは思えない。日没からかなりの時間も経過しており、退避が遅れた使用人がいるということもないだろう。

　となれば、今の声は一体？

　疑問の答えを得ようと、僕は声が聞こえたほうへと身体を向けた。

「……君は？」

　僕は視界に映った眼前の人物に問いかける。

　石畳の上に立っていたのは、天使族の少女だった。外見年齢は十代の半ばくらい。薄い緑のショートヘアに、やや丸みを帯びた翠色の双眸。左手首には金色の鎖型ブレスレットを装着しており、背中に携えた白い翼はパタパタと揺れている。とても穏やかそうで、とても素直そうな印象を受ける。僕を見つめてキラキラと輝く無垢な瞳からは、他人を疑うことを知らないような純粋さが伝わってきた。

この子は、一体？

「る、ルイン！　どうしてここにいるのですか！」

「ルイン？」

珍しく焦りを含んだ声で、シスレが少女のものと思われる名を叫んだ。だが、名前を呼ばれた本人にはその声は聞こえていないらしい。ルインと呼ばれた彼女はシスレを見ることすらせずに僕のほうへと駆け寄り、正面から僕に抱き着く。

そして――爆弾となる発言を投下した。

「貴方が私の――運命の人ですッ！」

「「……………は？」」

僕とシスレは門前で待ち構えている魔物のことも忘れ、呆然とそんな声を零した。

数十分後。

「馬鹿馬鹿馬鹿馬鹿馬鹿馬鹿馬鹿馬鹿馬鹿ッ！　ヴィルの大馬鹿――ッ！」

エーデンベルム邸の書庫に、クムラの悲痛な叫び声が響き渡った。

「何やってるの!?　何で魔物を倒しにちょっと外に出ただけで女の子を落としてきてるの!?　意味わかんない！　私が一人で寂しく禁書を攻略している最中に、ヴィルは女の子を攻略してたってわけ!?　信じられない！　薄情者！　浮気者！　好き！　早く婚姻届にサインしてよッ！」

「情緒壊れすぎだよ。一旦落ち着いてくれ、クムラ」

僕は様々な感情を噴出させながら何度も僕の胸を拳で叩くクムラの背中を擦り、荒ぶる彼女を落ち着かせる努力をした。

我が上司はご乱心だ。僕の報告に怒り、驚き、求婚し、言葉では正確に言い表すことができない精神状態になっている。とにかく心を落ち着けてほしい。そうでないと、僕は詳細を説明することができないから。

根気強くクムラの背中を擦り彼女を宥めつつ、チラ、と僕は視線を横に滑らせた。

そこにいる、二人の少女に。

「いいですか、ルイン。健全な乙女であればヴィル様を見た瞬間に運命を感じ、彼の子を胎に宿したいと本能が疼くのは当然のことです。しかし、本気で寵愛を賜れると思ってはいけません。彼の○○は生涯に亘って私の○○だけが独占するという契約を結んでいますから」

「自分の妹に嘘を吹き込むな！」

とんでもない嘘を平然と口にしているシスレに僕は堪らず叫んだ。

本気で信じたらどうするつもりだ。しかも、万が一にもその嘘が街中に広まれば、僕の社会的な評価は地に落ちることになる。

禁忌図書館の守護者は魔導姫と如何わしい契約を結んでいる変態、と。

勘弁してくれ。僕は街を歩くだけで冷たい視線を浴びせられる人生なんて嫌だぞ。

反省するどころか『今すぐに契約しましょうか』と宣ったシスレを軽くあしらい、僕は彼女の前――ソファに座る少女を見た。

ルイン＝エーデンベルム。

人形のような可愛らしさを持つ彼女は、シスレの妹なのだそうだ。年は十四。全体的に接しやすい柔らかな雰囲気を漂わせている彼女は僕と目が合うと、白い頬を紅潮させる。

恋する乙女のように。

いや、まだ確定したわけではない。判断は、彼女の話を聞いてからにしよう。

僕は自分の頬を人差し指で掻き、ルインに声をかけた。

「えっと、ルイン」

「はい。何でしょうか？」

「一つ聞きたい。君はさっき、僕を見て運命の人って言ったけど……それは、どういう意味？」

「そのままの意味です」

僕の問いを受けたルインは熱に浮かされたような表情で紅潮した自分の頬に触れた。

「一目見た瞬間、ビビッと来たんです。この人が私の……ずっと探し求めていた相手なんだって」

「ロリコン。ペドフィリア」

「ヴィル様に少女趣味があったとは驚きました」

「そんな趣味ないからッ！」

冷たい視線と共に不名誉なことを言う二人の魔導姫に反論し、僕は肩を落とした。

好き勝手言いやがって……。僕が意図して口説いたわけでもないのに、そういう特殊性癖持ちと判断するのはやめてもらいたい。僕に特殊な趣味はない。そもそも僕自身、自分がどんな女性を好みとしているのかわかっていないのだから。

きっと、世の中の男性の多くはルインのような可愛らしい女の子に好意を向けられることを喜ぶのだろう。けれど、僕は素直に好意を受け取ることができない。僕には立場や役目など、色々な制約があるから。

「ルイン。君の気持ちは嬉しいけど、僕はそれに応じることはできない。僕には立場や役目以外にも、成し遂げたい願いがある。恋愛に現を抜かしている暇はないんだ。今の僕には、色恋沙汰は考えられない」

「えぇ、わかっています。ヴィル様が私の気持ちに応えられないことは」

僕の答えに、ルインは納得を示す頷きを返した。

お？　意外だ。随分と聞き分けがいい。一度の断りであっさりと身を引くなんて、僕の周囲にはいない、とても珍しい子だ。てっきり、シスレやクムラと同じく諦めることを知らない性格の子だと思ったのだけど……ルインは二人とは違うらしい。いやまぁ、世間的に見れば二人のように諦めず何度でもアタックするほうが珍しいのだろうけど。

とにかく、良かった。ルインが早々に自らの気持ちに見切りをつけてくれるのなら、僕に負担は生じない。これまで通り、自分の役目に集中することができ――。

「なので――立場や役目を忘れてしまうくらい、私を好きになってもらいます！」

「ですよねぇ……」

宣戦布告とも取れる宣言に、僕は落胆した。

少しでも安堵した僕が間違いだった。ルインはシスレの妹……いや、エーデンベルム家の一員だ。聖女の家系であり、王国を守護する一族。獅子奮迅の活躍と共に国を守ってきたエフィア様が、自分の娘に諦めるということを教えるわけがない。

「負けて堪るか――ッ!!」

ルインの宣言を聞いたクムラは僕から身体を離し、決意を瞳に宿すルインに人差し指を突きつけた。

「ヴィルは私のものなんだよ、妹ちゃん。横から奪おうだなんて許さない。君がヴィルを落とす前に、私がヴィルを落としてみせるッ！」

「望むところですッ！　私は絶対に諦めませんから！」

バチバチと視線を衝突させて火花を散らす二人から目を離し、僕は手近な場所にあった一人掛けのソファに深く腰を落とした。

依頼された禁書の解読をしに訪れただけなのに、どうしてこうも次から次へと面倒ごとに巻き込まれるのだろう。魔物の件といい、ルインの件といい。僕には不幸を運んでくる悪霊が憑りついているのではないかと本気で考えてしまう。僕の特異体質ですら貫通する、悪いものが。

運命ならば受け入れる。だけどせめて、少しは平穏な時を過ごさせてくれ。

僕は大変な現実から逃れるように、天井を仰いで目を閉じた。

「あ、私も参加させていただきますので」

「勘弁してくれ……」

表面で陽光を反射させる漆黒の大鎌を縦横無尽に振るう。

物質の存在しない虚空を薙ぎ払うたびに空気を裂く感触が刃を伝って手に、腕に染み渡った。しかし、僕がその余韻に浸ることはない。一つの斬撃が終われば身体を捻り、足を動かし、次の斬撃へと繋げる。集った群衆の前で披露する演舞のように、容易に生物の命を奪う凶器を振るい続けた。

これは僕が週に数回行っている修練だ。僕の愛用武器である大鎌は扱いがとても難しいため、少しでも間を空けてしまうと感覚を取り戻すのに時間が必要となってしまう。それではいざという時に実力を発揮できずに、最悪の結果を招いてしまうかもしれない。そうならないために、常時最高の技を披露できるように、僕はこうして定期的に早朝の修練に勤しんでいるのである。

勿論、技術の維持だけではなく、成長することも目的に含まれている。修練時は必ず目隠しをして視界を奪い、肌を撫でる空気と風、そして音を頼りに空間を把握。何処に向けて大鎌を振るっているのか、自分が何処にいるのか、周囲の状況はどうなっているのかなど、戦いの時に必要となる情報を視覚以外の感覚から獲得するようにしているのだ。より厳しい状況での修練を積むことで、どんな環境であっても確実に護衛対象を守ることができるように。

「……戻るか」

石突を地面に突き立て動きを止めた僕は乱れた呼吸を整え、視界を覆い隠していた黒い布を外した。途端に注がれる朝日に開いた目を細める。小一時間ほど光を断っていたこともあり、明るい光に目が慣れない。明順応するには、まだ少し時間がかかるだろう。

汗の雫が髪先から滴る。休むことなく動き続けていたため、身体がとても熱い。発汗も多く、衣服が肌に張り付く感触がとても不快だ。早く戻り、屋敷の浴場を借りるとしよう。

額に浮かぶ汗を乱暴に腕で拭った僕は大鎌を肩に担ぎ、屋敷の入口のほうへと足先を向けた。

「おつかれさまでした、ヴィル様」

パタパタと胸元を扇ぎ衣服の内側へ冷たい空気を送っている最中、不意に鼓膜を揺らした声に僕は顔を上げ——直後、屋敷の扉前にて白いタオルを片手にこちらを見ていた声の主に片手を上げて応じた。

そこにいた、一人の少女に。

「おはよう、ルイン。随分と早起きだね。まだ朝の七時前だよ」

「いつもこれくらいには起きていますよ。寝すぎてしまうと、体調が悪くなってしまいますから」

「うわぁ、凄く規則正しい。感心するよ。うちのクムラも見習ってほしい」

ルインの健康的で模範的な生活サイクルに、僕は脳裏に今頃客室のベッドで爆睡しているであろう上司の姿を思い浮かべた。

朝昼晩関係なしにアルコールを体内に取り込み、仕事もせずに昼過ぎまで眠っていることも珍しくない駄目天使。規則正しい生活とはまるで無縁。眼前の少女とは大違いだ。本当に僕のためにもルインを見習い、自分の生活を正し、自分のやるべき仕事をしっかりと果たしてほしい。心の底からそう願った。

「タオルをどうぞ。大浴場の準備もできているので、すぐに入浴もできますよ」

「ありがとう。悪いね、色々と」

差し出された白いタオルを受け取った僕はルインにお礼を言い、身に着けていたワイシャツの第一ボタンを外した。冷えた外気に身体の熱が奪われる心地良さを感じながら、胸や首、うなじなど、手の届く箇所に付着する汗を拭きとっていく。勿論、これだけで不快感が完全に消えるわけではない。この場で全ての部位を拭うことはできず、汗を吸った衣服は再び肌に張り付く。さっぱりするには、やはり入浴が必須になる。けれどタオルで肌を拭いたことで、先ほどよりも格段に不快感は減少した。

「あの、ヴィル様……」

「ん？」

　声量の落ちた声で呼ばれ、僕は汗を拭う手を止めルインのほうを見やる。と、彼女は羞恥に顔を赤く染めた状態で、極力僕を視界に入れないよう目を逸らしながら続けた。

「その……私には少し、刺激が強すぎると言いますか……」

「刺激……あ」

　言われ、僕は自分の過ちに気が付いた。

　配慮が全くできていなかった。ルインは十代半ばの年頃の女の子。うら若き乙女の眼前で湿った素肌を曝け出し、大胆に汗を拭うなんて……犯罪と言われても否定できない。他意は全くないけれど、せめてルインのいない場所に移動したり、元々露出している部分だけに留めるべきだった。

　反省し、僕は外したボタンを再び留め、ルインに謝った。

「すまない、ルイン。見苦しいものを見せてしまったね」

「い、いえ！　そんな、見苦しいだなんて……そんなことは……っ」

　段々と声量を小さくしたルインは全ての言葉を口にすることなく沈黙し、赤らめた顔のままジッと僕の湿った首筋を注視した。

　他者の身体を見ることには羞恥し、少しばかりの抵抗もある。だがそれ以上に、自分とは違う異性の肉体というものに強い興味があり、自分の意思とは裏腹に目が離せなくなっている、といったところか。瞼(まぶた)を半分ほど下ろしているところに、彼女の遠慮が垣間見(かいまみ)える。

大人と子供の境界線。典型的な、思春期の女の子って感じだな。

そんな感想を抱きつつ、僕は微笑(ほほえ)ましいものを見る目をルインに向けた——と。

「ここにいましたか、二人とも」

ルインの後ろにあった扉が開かれ、同時にそんな声が大気に響いた。姿を現したのはシスレだ。既に意識は完全に覚醒しているらしく、朝の眠気は微塵(みじん)も感じられない。彼女は普段と変わらない感情の読み取れない表情のまま、発汗が見られる僕と顔を赤くしたルインを交互に見やり、

「状況は把握できました」

納得の頷きを一つした後、僕に細めた目を向け苦言を呈した。

「ヴィル様。私の知らないところで妹に新たな性癖を植え付けるのはやめていただけますでしょうか」

「そんなことしてないんだけど？」

「貴方(あなた)にそのつもりがなくても、現にルインは今新しい扉を開いてしまっています。見てください。この子の羞恥で赤く染まった顔と、目を背けようにも内心の興味が強く、中々目を離すことができない葛藤に悩まされている表情を」

「ち、違いますよお姉様！」

シスレの指摘に、ルインは焦った様子で否定した。

「私は別に、変な趣味に目覚めたというわけではありません！　ただ、ちょっと、その……慣れない異性の身体に戸惑ってしまったといいますか」

「ふむ、戸惑いですか……」

ルインの主張を聞いたシスレは顎に手を当て唸り、何を思ったのか、唐突にルインとの距離を一気に詰め、彼女の胸に手を当てた。当然、姉の突然の行動にルインは戸惑いを見せる。

「お、お姉様？」

「……」

妹の疑念に何も言葉を返すことなく、シスレは目を閉じて自らの手元に意識を集中させ続ける。

そのまま、十数秒。

「これは既に閉じることができないほど、開け放ってしまっていますね」

ルインの胸から手を離し、シスレは断言した。

「ルイン。貴女はもう手遅れです。今後はヴィル様のことを想いながら夜な夜なシーツを濡らす日々を送りなさい」

「そんな、私は――」

「認めなさい。そして、受け入れなさい。無防備にも汗の滴る素肌を晒し、恥ずかしがる様子も見せずに雫を拭い笑顔を見せる純朴な美少年に鼓動が加速し、顔に熱が宿り、下腹部の部屋が来客を招き入れる準備を整えてしまったことを」

「……」

「反論してよ」

何も言い返すことなく沈黙したルインに、僕はツッコミを入れてしまった。

何で黙るんだよ。もっと色々と言い返すことはあるはずだろう。というかシスレも実の妹に何を言っているんだ。血を分け合った姉妹の前なら、もう少しそっち系の単語を口にすることを躊躇うのが普通だろう。聖女なのだから、もう少し清楚という言葉を学んでほしい。本当に。

「ところでヴィル様」

恐らく、僕の願いは全く届いていないのだろう。自分の胸に手を当てたまま沈黙したルインから僕に顔を向け、シスレは問いを口にした。

「ルインと二人きりで密会していたようですが、まだ音は鳴っていませんね?」

「密会という言葉は全力で否定したいところだけど……鳴ってないよ」

「安心しました」

僕の回答にホッと胸を撫で下ろし、シスレは続けた。

「妹に先を越されたわけではなく、本当に良かった。その腕輪は必ず、私が鳴らしてみせますので」

「！　幾らお姉様といえども、それだけは絶対に譲れませんよ！」

「貴女の気持ちはわかっています。ですので正々堂々、真剣に、真正面からぶつかりましょう」

熱い文言と視線をぶつけ、互いに火花を散らす両者。決意と闘争心に気持ちが昂ってお り、二人の瞳には炎のようなものが幻視できた。まるで長年の好敵手と相まみえたように。

どうして、仲の良い姉妹がバチバチにやり合うことになったんだっけ。

燃える心を宿す二人を一歩離れた場所から眺めつつ、僕は自分の右腕に装着された赤い宝石を持つ銀のブレスレットに視線を落とし、昨晩のことを思い出した。

◆

「話は聞かせてもらったわよ」

クムラとルインが互いに闘志を燃え上がらせている最中の書庫に響いた声に、僕は天井に固定していた視線を入口扉のほうへと向けた。声で既にわかっていたことだが、そこに立っていたのはエフィア様。彼女はその他の場所よりも若干気温が上がったように感じられる書庫の中心を、両腕を組みながら見つめていた。

一体、いつ入室したのだろう。扉が開閉する音は全く聞こえなかった。いやそれどころか、歩行の際には必ず生じる足音すら、僕の聴覚は捉えることができなかった。エフィア様は特徴的な音を生むヒールを履いているというのに。

こういった何気ないところにも、エフィア様が只者ではない要素がちりばめられている。侮れない御方だ。欲を言うなら、一度手合わせしてみたい。守護者としての、戦士としての血と闘争心が胸の内側で疼く。勿論、それを表にすることは絶対にないけれど。

エフィア様は何かを企んでいるような怪しい微笑を浮かべたまま書庫の中央へと歩み寄り、背後からルインの両肩に手を置いた。

「状況としては、ルインがヴィル君に心を奪われちゃったけど、それを知ったクムラちゃんが大激怒したってところね。自分も狙っている相手を横取りしようとするなんて許せないって。そして彼を巡って女の戦いが勃発した、と」

「概ねその通りですけど、ちょっと違います」

エフィア様が述べた現時点での状況を聞いたクムラは概ね肯定しつつも否定し、一人掛けソファに腰を落ち着けている僕を一瞥した後、再びエフィア様へと目を向けた。

「ヴィルは私のものなんです。私はヴィルがいないと生きていけないし、彼も私がいないと生きる目的を失う。持ちつ持たれつの良い関係。そんな結ばれた絆と赤い糸を引き裂こうなんて、絶対に許容できません」

「いや、別に僕は……あぁ、いいや。何でもないよ」

持ちつ持たれつではなく、僕が一方的にクムラのことを支えている関係といったほうが正しい。あと赤い糸で結ばれてもいない。そんなことを言おうとしたが、ここで僕が口を挟むと余計に複雑なことになると考え、僕は開いた口を閉ざした。黙るが吉。そんな自分の直感を信じて。

クムラの主張を受け止めたエフィア様は、何度も頷いた。

「貴女の言っていることはとても理解できるわ、クムラちゃん。確かに、ヴィル君は貴女の守護者。何時如何なる時も傍に控えていなくてはならない、大切な存在よね。他の女に取られるなんて許せないというのは、当然のこと」

「はい」

「でも――色恋沙汰にまで口を出すのは違うのではないかしら？」

「――ッ」

エフィア様から発せられた威圧感に、クムラは息を呑んだ。傍から見ているだけでも、日々戦いに身を投じている僕でも、防衛本能が刺激されるほどの威圧。それを真正面から受けたクムラが萎縮してしまうのは、仕方のないことだった。

「さっきのヴィル君の反応を見るに、彼は貴女のものであるという主張には納得していなかったみたい。守護者として独占できるのは、あくまでも彼の肉体と時間、そして力のみ。心まで占有することはできない。仮にヴィル君が他の誰かを好きになったとしても、クムラちゃんにはそれをどうにかできる権限はない。彼は貴女の奴隷じゃないからね」

「う、うくぅ……」

完全に言い負かされ、返す言葉が出てこないらしい。クムラは涙目でこちらを見やり、僕に助けを求めた。が、僕はすぐに両手を上げて降参の意を示す。助力できることは何もない。エフィア様が全て正しいため、僕にも反論することはできない、と。

「とはいえ」

威圧感を消滅させたエフィア様はルインの髪を愛(いと)おし気(げ)に撫(な)でつけた。

「だからといって無条件にヴィル君を寄越(よこ)せとは言えないわ。彼の気持ちもあるし、何より叡智(えいち)の魔導姫様との関係を悪化させるのは非常によろしくない。そんなことになれば、我が家が被る不利益は計り知れないし――そこで、よ」

パチン、と指を弾(はじ)いて音を鳴らしたエフィア様は人差し指を僕に向けた。

「誰もが納得できる勝負をしましょう。小細工なし、正々堂々とね」

「勝負……って」

先代聖女はバーサーカー。その噂(うわさ)を思い出し、僕は予(あらかじ)め忠告した。

「直接的な戦いはなしですよ？　怪我をするようなことは絶対にやめてください」

「安心して、ヴィル君。そんな危ないことはしない。恋と心に関する問題なんだから、同じく恋と心の戦いで解決しましょう」

「恋と心って、どうやって？」

「それはね……これよ」

宝物を自慢するように、エフィア様はとある物を懐から取り出し、それを掲げて見せた。

ブレスレットだ。大きな赤い宝石が埋め込まれた銀のブレスレットで、金属光沢により表面は白に輝いている。それ以外に、特徴らしきものはなかった。

「これはちょっとした魔道具よ。装着者の心拍数と僅かな感情を読み取り、その数値と感情の揺れが大きくなると、それを感知して光と音を発する。尋問道具として造られたそうだけど、結局実用化されたことはないみたい」

「……で、お母様。それを用いるということはもしかして」

ブレスレットを見て勝負の内容を察したらしいシスレが問うと、エフィア様は『その通り』と言い、シンプルな詳細を告げた。

「勝負の内容はこうよ。明日の日没までに、これを装着したヴィル君に様々なアプローチを仕掛けて、最も大きな音や光をブレスレットから生み出した者の勝ち。勝者への褒美は……ヴィル君と二人きりになれる時間とか、かしらね。そこで思う存分触れ合うのも良し、しっかりと想いを伝え直すのも良し」

「そんな勝手に――」

「男の子なんだから、広い心を持たないと駄目よ？　多くの乙女を落としている罪深い子なんだから、これくらいは我慢しなさい」

抗議の声も封殺され、僕はガックリと項垂れた。

僕は自分から罪を作りに行っているわけではないとか、付き合う義務はないとか、色々と言うことはできた。けれど何故か、エフィア様にそんな反論をするのは躊躇われた。受け入れるしかないと、心が思ってしまった。

僕が諦めの境地に達していると、クムラが自分の胸を叩き、自信満々な様子で言った。

「フン！　ヴィルのことを一番よく知っているのは私だからね。この勝負、私の勝利以外に結末が見えな――」

「寧ろ一番長い時間を傍にいて未だに落とせていないんだから、一番不利とも言えるかもしれないわよ？」

「グボぁッ!!」

痛いところを突かれたらしい。クムラはソファの上に倒れ込んだ。打たれ弱いな、本当に。

「個人的には、ルインかシスレに勝ってもらいたいわ。ヴィル君には是非とも、エーデンベルム家の一員となっていただきたいもの。魔法師の頂に立つ者の血を引いた子供は、きっと強くて逞しい子になると思うから」

「が、頑張ります、お母様」

「何も心配はいりませんよ、お母様」

エフィア様の願望を聞いたシスレは先ほどのクムラと同じように、自信に満ちた表情で自らの胸に手を当てた。

「たとえ心を奪うことができなかったとしても、何とかして子種だけは奪ってみせますので」

「この場で失格にするぞエロ聖女！」

身の危険すら感じるシスレの宣言に、僕は声を大にして叫んだ。

これが昨晩、屋敷周辺の魔物を蹂躙した後の出来事。

かくして、予想していなかった僕を巡る少女たちの戦いは開幕することになったのだ。

◆

エーデンベルム邸の地下に造られた大浴場に隣接する、無人の脱衣所にて。

「ふぅ……さっぱりした」

壁際に設置された白い大理石の椅子に腰かけた僕は一人呟き、手触りの良い清潔な白いタオルで自分の濡れた黒髪をやや乱雑に拭った。

風呂上がり特有の心地良い脱力感が全身に広がる。エーデンベルム邸の大浴場というだけあり、この屋敷の風呂は最高の一言に尽きる。幾つもある浴槽に溜められた湯は身体が最もリラックスすることのできる最適温度であり、全身を水中に沈めれば自然と身体の力が抜けていく。また浴槽の一つ一つが広く、全身を大きく広げても全体の数%しか面積を占有できなかった。話によると地下水をそのまま活用しているとのことで、疲労回復の効能もあるのだとか。正直羨ましい。この大浴場を日頃から利用できるというのは、風呂好きからすると羨望の対象になる。

まだ朝だというのに、つい長湯をしてしまった。おかげで身体に付着した汚れや汗だけではなく、早朝の修練により生まれた疲労も消えたように感じられる。とても素晴らしく、有意義な入浴に、僕は身も心も満足していた。

それに、一番の懸念も杞憂に終わった。

「結局、誰も突撃してこなかったか」

髪に付着した水分を拭う手を止め、僕は脱衣所の扉を見つめて安堵の息を吐いた。

昨日開始が宣言された戦いのこともあり、僕の入浴中に誰かが入ってくるのではないかと警戒していたのだ。勝負の内容は、僕の胸を高鳴らせ、より大きな音と光を腕輪から生み出すこと。失礼を承知で言うと彼女たち三人は全員恋愛経験があまりにもないので、一緒に入浴すればいける——つまり、裸体を見せれば僕の鼓動を加速させることができる、と安直に考えている可能性もある。そうなれば扉に掛けてある『入浴中』という札を無視して乗り込んでくるのではないかと予想していたのだが、嬉しいことに、そのようなことは起こらなかった。僕が脱衣所に入ってから入浴し、ここに戻ってくるまで、誰もこの空間に足を踏み入れてはこなかった。

いやぁ、本当にありがたい。そのおかげで僕はゆっくりと、のびのびと入浴を楽しむことができたし、面倒ごとに発展することもなかった。まぁ、仮にクムラが大浴場に突撃してきたとしても、あの子にそこから先の行動を起こす勇気があるとは思えないけれど。

実はかなりの初心である上司のことを頭の隅で考えながら、僕は扉から目を離し、まだ少し湿っている黒い翼をタオルで拭い始めた——その直後。

「ヴィル！　私も一緒にお風呂に入るよッ！」

施錠されていたはずの扉が無遠慮に勢いよく開け放たれ、迷いも躊躇いもなく、入室できるのは当然と言わんばかりにクムラが入ってきた。まだ髪を整えていないようで、ところどころに寝癖が見られる。その大胆な振る舞いにやや面食らいつつも僕は『結局予想通りになったか』と溜め息交じりに呟き、彼女に呆れた目を向けた。スラックスを先に穿いていて本当に良かった。もう数分、クムラがここに突撃するのが早かったら、きっと僕は全裸で彼女と対面することになっていたと思う。その事態を回避することができたのは、軽く奇跡と言ってもいいのではないだろうか。

「あ、ヴィル――」

やがてクムラは大理石の椅子に座る上半身裸の僕を見つけて、動きを止めた。

さぁ、次に彼女は何を言うのだろうか？　翼に付着した水滴を拭う作業を再開しつつ、様々な予想を立てクムラを見つめる。すると彼女は暫し僕の身体のあちこちに視線を滑らせた後、グルグルと目を回し、足を不安定にふらつかせながら言った。

「さ、最高だよ、ヴィル……」

「あ、ちょっと――」

その言葉を最後に後方へ倒れたクムラの下へと瞬時に駆けつけ、僕は彼女の背中に腕を回し、床に衝突する前にその細い肢体を支えた。身体を軽く揺らして呼び掛けてみるが、返事はない。どうやら気を失っているらしい。その割にはとても幸福そうな表情をしているようにも見えるが……。

とにかく、このまま放置するのは流石に可哀そうだ。早く服を着て、クムラをソファか安楽椅子などに寝かせよう。硬い床で眠らせるのは身体にも悪いし――。

「私が予想した通りの結果になりましたね、クムラ様」

「……ちょっと待ってくれ、シスレ」

　何食わぬ顔でさも当然のように脱衣所へやってきたシスレに片手を突き出し、僕は静止を求めた。何でこう、次から次へと……魔導姫というのは異性が使用中の脱衣所に平気で入室しても良いと思っているのか？　一度陛下に頼んで、彼女たちに正しい常識と良識を学ばせたほうがいいと思う。このままだと主に僕が迷惑を被り続けることになる。勘弁してくれ。

　僕の求めに応じてその場に立ち止まったシスレは駄々を捏ねる子供を見るような目で気を失ったクムラを見下ろしている。その目、僕も君に向けたいよ。

「ねぇ、シスレ。今の僕は上半身裸であって、あまり他者に見られたくない姿なんだ。すぐに着るから、それまで外で待っていてくれない？」

「クムラ様は良くて私が駄目な理由をお願いいたします。不公平は受け入れられませんし、何より眠っているクムラ様にヴィル様が悪戯をする可能性を無視することはできません」

「しねぇよ」

　面倒な……ただ、説明しないとシスレは出て行かないだろう。仕方ない。

　僕は幸福そうなクムラの寝顔を見やり、告げた。

「クムラにも許可は出してないよ。この子はノックもなしに突撃してきて、僕を見た途端に卒倒したんだ。出て行けと言う前にね」

「では私も卒倒するまでヴィル様の美しい裸体を網膜に焼き付けさせていただきます。拒否権はありません。魔導姫の勅命です」

「保有している魔導羅針盤で地位が決まるなら、僕とシスレは対等なはずだろう」

「つまり夫婦ですね」

「全然違う。あぁ、もういいや。クムラを頼むよ」

　このままだといつまでも意味のないやりとりを続けることになってしまう。

　そう判断した僕は眠るクムラをシスレに任せ、肌着とシャツが入っている籠のほうへと歩み寄った。

　本当に、あの聖女様は民衆が抱いているイメージからはかけ離れている。僕たちの前でくらいは羽目を外しても良いとは言ったものの、欲望に忠実過ぎる。できればもう少し控えめに、欲を抑えても良いのではないだろうか。

「というか、シスレがここにいるということは……」

　肌着とシャツに袖を通した僕は脳裏を過(よぎ)った可能性に呟き、身嗜(みだしな)みを整えた後、二人の下へ戻りシスレに尋ねた。

「ねぇシスレ。もしかしなくても、ルインもここに来ているの？」

「ええ。あの子は今、脱衣所の外で私たちを待っています。流石に羞恥心が勝(まさ)ったようで、ここへ入る勇気はないそうで」

「よりにもよって一番常識を持ち合わせているのが最年少かよ」

その悲しい現実を僕は嘆いた。本来年長者は年少者を導くべき存在。未熟で人生経験の浅い者に正しい教育を施すもの。なのに、何故かここには反面教師しかいない。絶対に真似(まね)をしてはならない類の年長者しかいないのだ。彼女たちを手本にしてしまうと、ルインの成長に悪影響が出ることは間違いない。どうか、ルインはまともな大人になってほしい。少なくとも、この魔導姫たちのようにはならないでくれ。そう願わずにはいられなかった。

「それで、結局二人は何をしにここへ？　覗(のぞ)きが目的ってわけでもないんだろ？」

「勿論(もちろん)です。が、それについてはクムラ様からご説明いただきたいので……」

頷(うなず)いたシスレは自分の膝に乗せていたクムラの頭を見下ろし――割と強めに、パァンッ！　という音を響かせる威力で彼女の頰を叩いた。容赦ない。意識がある状態でお見舞いすれば、大抵の者は『痛ァッ!!』と反射的に声を上げる。今のビンタには、それだけの力が込められていた。

「いい加減起きてください、クムラ様」

「………………ハッ！」

シスレの呼びかけと頰に走った衝撃で意識を覚醒させたらしい。瞼(まぶた)を持ち上げたクムラは勢いよく上体を起こし、キョロキョロと周囲に視線を飛ばし、自分の頰を抓(つね)った。

「あ、あれ？　今夜私がいただくはずだった黒い翼の美少年は一体何処(どこ)に……」

「何を馬鹿なことを言っているんですか。ヴィル様が用件を知りたいそうなので、早く説明してあげてください」

「え……あ、そうだった！」

数拍の間を挟んだ後に自らの用事を思い出したらしい。慌てた様子で立ち上がったクムラは僕の傍に駆け寄り——僕の胸の中心を人差し指でトンと突いた。

「ヴィル。今から君を——ドキッとさせるからね」


クムラの話を要約するとこうだ。

僕の胸を高鳴らせて腕輪の音を鳴らし宝石を光らせるという戦いの性質上、互いに妨害工作をするのは無駄だと判断した。時間の制限まで設けられているため、最悪の場合は誰も僕をドキッとさせることができずに終わることになるという、全員が損をする結果になってしまうと。

そうならないために僕が入浴している最中に彼女たち三人は話し合いを行い、順番を決定して僕にアプローチをする機会を設けるということになったらしい。不正は一切なし。公正に正々堂々と勝負する、ということだ。

決定した順番はクムラ、シスレ、ルインという並びであり、一番手であるクムラが先陣を切って僕を呼びに行ったというのが、脱衣所へ突撃してきた真相とのこと。僕としてはクムラが一緒に風呂に入ろうと言いながら入ってきた記憶があるのだけど、そこを詰めるとクムラは『記憶にありません』と連発したため、この場では諦めることに。但し後日、しっかりと異性の入浴中に脱衣所へ突撃してはならない重要性について五時間ほど説くことを決定した。勿論、拒否権はない。

まぁ、それはともかく――。

「クムラ。禁書の解読はどうなったの？　まさかほったらかしにしてきたんじゃないよね？」

屋敷の廊下を歩きながら、僕は少し前を歩くクムラに尋ねた。

彼女が片づけなくてはならない重要な仕事だ。叡智の魔導姫たる者、一度引き受けた依頼は絶対に遂行しなくてはならない。禁書の解読は凄まじく時間を要する作業のため、本来であればこんなところで油を売っている暇はないはずなのだけど……僕の問いを受けたクムラは『問題ないよ』と右手の親指を立てた。

「昨晩ヴィルが外で魔物を倒している間に半分くらいは終わらせたし、それになにより――今も解読作業は継続中だからね」

「解読中、って……」

僕は眼前に出現したものを注視し、目を見張った。

クムラの周囲に、黄金の光の文字が出現したのである。宙を漂う神秘的なそれは、クムラが保有する全知神盤（グリフ）が魔法を発動させている証明。ただ廊下を歩いているだけに見えてその実、彼女はしっかりと引き受けた仕事を続けているということだ。

僕はクムラの周囲を漂う光の文字を見つめたまま、彼女に問うた。

「これは、何の魔法を？」

「簡単に言えば、遠隔で禁書を解読する魔法だよ。脳の処理能力の半分を解読に回していて、解読が済んだ獣骨文字（じゅうこつもじ）は魔法で羽根ペンを操って紙に書き記している。頭に負担はかかるけど、眠れば回復するから大丈夫だよ」

「凄（すご）い魔法だけど……あんまり、身体（からだ）に負担のかかるようなことはしないでくれよ。倒られたら、僕が困る」

「優しいね、ありがと。けど、使うのはあくまでも一時的だから、そこまで心配はいらないよ――到着だ」

とある部屋の扉の前で立ち止まったクムラは会話を中断し、それを押し開いて中へ入る。こんなところに僕を連れてきて、何をするつもりだ？　疑問符を浮かべながらも先に入室したクムラに続いて部屋の中へと続こうとし――直前、かけられた声に顔をそちらへ向けた。

「それでは、我々はここで待機をしておりますので。お気をつけて」

「……さっきから聞きたかったんだけどさ」

入室の足を止めた僕は声の主――シスレを見やり、ずっと疑問に思っていたことを尋ねた。

「なんで一言も話さなかったの？　シスレも、ルインも」

「えっと、それはですね……」

右頰を掻きながら戸惑いを見せるルイン。彼女もまた、僕とクムラに追従しながら、移動中は一言も声を発していなかった。会話に混ざったとしても、僕もクムラも怒らないのに……何故。

その疑問に答えたのは、先に入室していたクムラだった。彼女は僕の右腕を抱きかかえ、二人が話さなかった理由を説明する。

「話し合いで決めたんだよ。アプローチをする時は、その人にヴィルが集中できるように見学組は喋りかけないいって。今は私の時間だから、二人は何も話さなかったんだよ」

「そんな決まりが――」

「そ。今は私との時間だから、ヴィルは私に集中して。二人は……終わるまで、ここで待機しているように！」

二人に命じ、クムラは僕の腕を引いて部屋の中央へと移動した。バタン、と扉は音を立てて閉じられる。封鎖された出入口から目を離した僕は部屋の中央で足を止め、自分の周囲を構成する空間を観察した。

　既視感のあるこの立方体の部屋は、全てが白い。まるで応接室のように、一色で統一されている。但し、あの部屋と同じというわけではない。この部屋には家具の類が一つもなく、それどころか陽光を取り入れる窓すら存在しない。空気の入れ替えがとても困難な造りとなっており、また長い間使われていないのか、埃（ほこり）とカビの混じったようなにおいがする。物置として使うにしても、掃除は絶対に必要になる。この部屋に僕を連れ込み、クムラは一体何をするつもりなのだろうか——と、部屋を見回しながら疑問を浮かべた時。

「——恐慌投影（ケプロンス）」

　クムラが魔法を唱え、その瞬間、白い部屋の全てが正反対の黒へと変貌した。何もかもが漆黒であり、様々な色を有する自分たちが空間の調和を乱しているようにすら感じられる。

　これを行ったのがクムラであることは明白。彼女が何かしらの魔法を行使したのだろうが、僕はこの魔法を見たことがない。どんな効力を持つものなのか。視線で説明を求めると、クムラは胸元の羅針盤を僕に見せた。

「この魔法は全知神盤（グリフ）に格納されている固有の魔法で、恐慌投影（ケプロンス）って言うんだ。効力は、この黒い空間内に滞在する者が恐怖を抱く存在を読み取り、それを具現化する。怪物を恐れているなら怪物が、虫を恐れているのなら虫が出現する。相手の弱みという情報を用いた精神攻撃を行う魔法さ」

「凄い魔法だということは理解できたよ。流石は『神が創りし羅針盤』の魔法だ。けど……」

僕は足先で黒い床をトントンと突いた。

「この魔法を使って、何をする気？　僕をドキッとさせるんじゃなかったの？」

「勿論、そのためにこの魔法を使うんだよ。名付けて――吊り橋作戦！」

「吊り橋作戦って……」

名前通りの作戦だな。内容を察した僕は思わず笑った。

つまるところ、クムラは僕が怖がるものを具現化し、その恐怖心を利用しようという魂胆なのだろう。恐怖により上昇した心拍数だが、その場に異性がいることで、その人物に対して好意を抱いているからなのではないかと錯覚してしまう事象。思春期を経験した者であれば誰もが知っている知識だ。馬鹿馬鹿しいと一蹴する者も多くいるが、案外、この効果は侮れないと僕は思っている。

なるほど、良い作戦だ。僕は高所に恐怖しないので、本当に吊り橋に行ったところで意味はない。その点、魔法で僕が恐怖するものを読み取ってしまえば確実に僕の心拍数を上げることができるだろう。

しかし……悲しいことに、クムラの作戦は確実に失敗することになってしまうだろう。

何故なら――。

「……あれ？」

十秒、一分、十分。時間は止まることなく流れていくけれど、いつまで経っても空間内に僕を恐怖させるものは現れない。最初と同じ、何もない黒い空間のままだ。恐ろしい存在は一向に具現化しない。

もしかして、魔法が上手く発動しなかったのかな？　なんて呟き羅針盤の蓋を開いて指針や盤面を確認するクムラに、僕は何も出現しない理由を告げた。

「悪いけど……僕に怖いものなんてないよ」

「そ、そんな馬鹿な――ッ！」

信じられない、と驚愕するクムラに、僕は腰元に両手を当てて言った。

「考えてもみてよ。僕は禁忌図書館と魔導姫の守護者であり、死神と呼ばれる者。何かに怯えるようでは、何も守ることができない」

「そ、それは確かに……」

「それに、恐れるものがないのは当然のことだ。だって――」

僕は自分の胸に手を当て、僕を知る全ての者が周知の事実を口にした。

「僕に殺せないものは、この世界に存在しない。殺すことができる相手を恐れるなんて、ありえないことだよ」

「……そうだったね」

うんうん、と頷き僕に肯定を示した後、クムラはガクッとその場に両膝をついた。失意に沈んだ彼女を見下ろし、僕は思わず苦笑する。完全に見落としていたようだ。

僕が恐れを知らない天使であるどころか、逆に他者へと恐怖を与える存在だということを。いやそもそもの話、マナによる攻撃を全て無効化する体質の僕にこの魔法は効果を発揮するのだろうか？　それすらも怪しい。もしかしてクムラの作戦は、魔法を使用するという時点で失敗が確定していたのかもしれない。叡智の魔導姫らしくないミスだ。

とにかく、僕が恐怖する対象が引き出せない以上、この部屋にいる意味はない。早く魔法を解いて、シスレとルインの下へ行こう。そう考え、僕は両手を床についているクムラの傍で膝を折り、彼女の背中に手を添え——周囲に出現した幾つもの気配に反応し、視線を八方に飛ばした。

「これは……」

僕たちを取り囲むようにして出現したのは、何十体というゾンビや虫の大群だ。腐食した皮膚や臓器がグロテスクであり、虫に至っては外見がそもそも不快な害虫ばかり。決して苦手ではないが、それでも気持ち悪いと思ってしまう。

何故、これらは出現したのだろうか。その謎について考えること、数秒。僕は辿り着いた可能性をクムラに告げた。

「この部屋の中にいる者が恐怖する存在を具現化するって言っていたけどさ……もしかして、術者であるクムラが恐怖するものも具現化されるってこと？」

「い、いや、本来は術者は対象外なんだけど……動揺して制御を誤りました」

嫌な汗を流しながら、クムラはそう言った。

つまるところ、この周囲に具現化した存在は全てクムラが苦手としているもの。そんなものが何体も、何十体も、密室の中に出現すれば、彼女がどんな反応をするのかは誰にだって想像できる。

「大失敗だね、クムラ」

僕が同情しながら言った直後――迫り来る恐怖の対象を前に、クムラは僕が聞いたことのないほどの悲鳴を響かせた。

数分後。

「無事に撃沈したようですね」

魔法を解除したことで元の白に戻った室内に足を踏み入れたシスレは安堵(あんど)と喜びを感じさせる声音で言い、部屋の中央で泣きながら僕にしがみついているクムラを見やった。

「私には最初からわかっていましたよ。誰よりも長くヴィル様と共にいるのにも拘(かか)わらず彼を攻略することのできていないクムラ様では、どんな作戦で挑んだとしても勝利を掴むことはできないと」

「腐った死体……虫……怖い、もうやだ。私は一生ここに住む。ヴィルと肉体を接合して生きていく」

「サラッと恐ろしいこと言わないでくれ」

神によって授けられた肉体の改造は正真正銘の禁忌だ。気が動転しているからといって、最も重いとされる罪に手を染めるようなことはやめてほしい。というか僕の許可もなしに改造しようとするな。言われても断固として拒否するぞ。

「あの、ヴィル様」

シスレの少し後ろにいたルインが、僕の胸に顔を押し当て続けているクムラを見ながら僕に尋ねた。

「部屋の外にまで凄い悲鳴が聞こえてきましたけど、クムラ様に一体何をなさったのですか？」

「僕は何もしていないよ。ただ単に、クムラが自分の魔法で自爆しただけ」

本人も全く予想していなかったのだろう。まさか自分が操る魔法で、これまでの人生でも経験したことがないような恐ろしい体験をするなんて。きっとクムラは今日の出来事がトラウマになり、暫く恐慌投影という魔法から距離を取ることになると思う。間違っても、もうあんな目には遭いたくないと。

良い教訓になっただろう。魔法はとても便利だけど、使い方を誤れば使用者にすら牙を剝く危険な神秘だ。そういった面に焦点を当てれば、薬や毒と性質は似ている。手足のように操れるほど使い慣れたとしても、使用の際は慎重にならなくては。

「なにはともあれ」

こちらに歩み寄ったシスレは僕の肩に手を置いた。

「次は私の番ですね」

「そうらしいね。けど、何をするのかはもう決まってるの？　先に言っておくけど、危ないことはなしにしてほしい」

「警戒しなくてもいいですよ。少しデートをするだけなので、危ないことは何もありません」

「デート？……って、街にでも行くつもり？」

世間一般的なデートを思い浮かべて問うと、シスレは首を左右に振った。

「私たちが街に行くと騒ぎになってしまう可能性がありますから、外出はしません。デートの場所は屋敷の裏庭です」

「……それ、デートになるの？」

「なりますよ。裏庭は広大な花畑になっており、数百種類の花が咲き誇っていますから。

花畑デートというのは、一般的にも定番のはずです」

確かにそうかもしれない。街中にある店で買い物や食事をすることだけがデートではない。青い海と波音に心落ち着く海岸や、満天の星を観察できる夜の草原なども、立派なデートスポットと言えるだろう。花畑も同じだ。街中では見られない綺麗な花々を観賞することは、デートと言って差し支えない。

僕は納得し、シスレに言葉を返した。

「わかった。じゃあ、早速行こうか」

「はい。と、その前に……ルイン、クムラ様をお願いします」

「あ、は、はい！」

シスレの要請に応じたルインは足早にこちらへ駆け寄り、強い力で僕に抱き着いていたクムラを強引に引き剝がした。そして『私から癒しを奪うなぁぁぁぁぁ！』と文句を垂れ僕に両手を伸ばすクムラを難なく背中におぶった。

「クムラ様。落ちてしまうかもしれないので、暴れないでくださいね？」

「え、うん。りょ、了解」

僕から離されるのはまだしも、背負われることになるとは思ってもいなかったのか。一瞬で身体の震えを止めたクムラはルインからの忠告に即座に頷いた。

見た目はとてもか弱いのに、その実、ルインはかなり力持ちのようだ。

　クムラが僕以外に背負われている光景に新鮮さを覚え、尚且つ涼しげな顔でクムラを背負うルインにやや驚きつつ、僕は『行きましょうか』と先に部屋を後にしたシスレに続いて退室し、先を歩く彼女に追従した。

　天国の花畑。

　かつてここを訪れた他国の貴族は、この美しい景色をそう表現したという。

　エーデンベルム邸の北側。丈の短い草花が生い茂り、数多の野生動物が生息する平原が広がる方角。そこに造られた、広大な面積を有する巨大な花畑。何処まで進もうと同じ景色が続くだけの退屈な平原において、そこは異世界とも呼べる場所であった。

　数百種類にも及ぶ色とりどりの花々が無数に咲き誇り、色彩豊かな絨毯を思わせる美しい景色は誰もが見惚れる絶景だ。また一歩足を踏み入れれば、途端に花弁から発せられる甘い香りが全身を包む。花の色香、と形容するのも間違いではないそれに、歩く者は必ず一度足を止め、瞼を下ろし己の嗅覚に意識を集中させる。

　天使や悪魔、人だけではない。香りに誘われてやってきた蝶や蜜蜂、ハチドリが蜜というご馳走を堪能し、宙を舞い踊りその喜びを表現する。楽園だ。弱肉強食の世界に生きる小さな命たちにとって、この花畑は砂漠のオアシスに等しい。天国と名付けられたことにも納得がいった。

「如何ですか？　我が家自慢の花畑は」

美しい絶景に目を奪われている最中、隣に立っていたシスレが僕に尋ねる。それに、僕は花畑に視線を固定したまま答えた。

「凄く綺麗な景色だね。昨日は魔物の討伐で屋敷の外に出たけど、こっちのほうには来なかったから気が付かなかったよ。これだけの花畑は少なくとも、国内にはここ以外ないんじゃないかな」

「恐らくはないと思いますよ。ここは陛下が国一番と仰ってくださった花畑ですからね」

「じゃあ、ここが一番で決まりだ」

他の誰よりもブリューゲル王国について知っている国家元首のお墨付きなのであれば、誰にも文句は言えないだろう。今、僕たちの眼前に広がるこの花畑が、王国で一番だ。

近くに咲いていた紫色の花、その花弁に指先で触れ、僕はこの場にいないクムラのことを思い浮かべながらポツリと呟いた。

「こんなに綺麗な花畑を見ないで帰るなんて勿体ない。クムラにも教えてあげないとね」

「……ヴィル様」

「ん？　なに——んぇ？」

呼びかけに応じて振り返った直後、シスレの手に両頬を挟まれ、僕は困惑の声を零した。え、いきなり何？　この行為の意図は？　疑問を孕んだ僕の視線を受けたシスレは感情の窺い知れない無表情の中に一抹の不満を宿し、答えた。

「お忘れかもしれませんが、今はヴィル様と私の時間です。他の女性の話をするのはやめてください」

「………わかったよ」

首を縦に振り、僕は彼女の要望を受け入れた。今のは僕が無神経だったと思う。これはシスレの勝負でもあるが、それ以前にデートなのだ。デート中に他の異性の話をするのは相手にとって失礼な行為であり、咎められて当然のこと。ここから先はクムラやルインの話題を口に出さないように気をつけよう。

そう決め、僕はシスレと並んで花畑の細い道を歩き進んだ。

「この花畑が造られたのは今から五百年ほど前のことなんです」

「へぇ、そんなに……」

「当時生きていたエーデンベルム家の誰かが小さな花畑を造り、そこから長い月日をかけて、少しずつ面積を広げていったのだそうです。まさかここまでの広さになるとは、花畑を最初に造った先祖も思っていなかったと思いますよ」

「そうだろうね」

シスレの想像に僕は同意を示した。この花畑は本当に広い。小さな町であれば余裕で造ることができてしまいそうなほどだ。最初がどれほどの大きさだったのかはわからないけど、一人で造ったのならば、きっと花の株を数個植えられる程度だったのではないだろうか。そんな小さな花畑がまさか、この大きさになるなんて……誰だって想像できないだろう。

仮にもし、最初に花畑を造った先祖がここを見たら……きっと、とても驚くと思う。それこそ、目が飛び出て腰を抜かすくらいに――。

「……ん？」

青い向日葵(ひまわり)を眺めているシスレから少し離れた場所に咲く花々を観察している最中、ふと、僕は花が根を張る土の表面に金色の光沢を持つ何かを見つけた。詳細はわからない。大部分は地中に埋まった状態であり、露出しているのは極一部。わかるのは、その光沢は金属特有のもの――即(すなわ)ち、何かしらの金属で造られたものであるということだけだ。大きさ的に可能性が高いのはアクセサリー類。過去にここを訪れた者が誤って落としてしまったのかもしれない。

見つけた以上、放置することは躊躇(ためら)われる。僕はその場に膝を折り、花々の隙間に腕を伸ばし、土に埋まるそれを拾い上げた。

「……指輪か」

表面に付着した土を払い、僕は指先で摘まんでいたそれを掌（てのひら）に載せた。

黄金の指輪だった。本物の金で作られているのかは判別がつかないけれど、少なくとも金と同じ色で、同じ光沢をしている。その他にこれといった特徴はなく、宝石なども埋め込まれていない。

ただ指輪の内側に『ユーセル』という持ち主のものと思（おぼ）しき名前が彫られているくらいしか――。

「っと！　シスレ？」

唐突な背後からの抱擁に、僕は肩越しに後ろを見つつシスレの名を呼ぶ。と、彼女は僕への抱擁を解くことなく、そのままの体勢で僕の耳元に唇を近づけ、囁（ささや）いた。

「お忘れですか？　これはただのデートではなく、勝負であることを」

「忘れたつもりはないけど……これから、僕に何かするの？」

掌の指輪をポケットに押し込み、僕は少し身構えた。最初から花畑を散策するだけではないと思っていたけれど……明らかにシスレの纏（まと）う空気が、雰囲気が一変した。何かをするつもりらしい。僕の心拍数を上昇させ、腕に装着したブレスレットを作動させる何かを。

僕と身体を密着させたまま、シスレは妙に艶（なま）めかしい手つきで僕の腹部を弄（まさぐ）った。

「私の作戦はクムラ様のように複雑でも、魔法を使うものでもありません。とてもシンプルで、勇気さえあれば誰もが実行できるものです」

「へ、へぇ……それは？」

「異性の本能を呼び起こす」

色気を漂わせる声質で僕の耳元で囁き、シスレはただでさえ密着していた身体をさらに僕の背中に押し当てた。

衣服を挟んで伝わる彼女の肉体の柔らかさ。花が発するものではない理性をかき乱す異性の香り。そして心の防波堤を破壊せんと継続される、囁きによる誘惑。

マズイ。僕は今、自分の心拍数が上昇していることを自覚した。

数分前よりも格段に顔が熱い。普段から抱き着かれているため慣れているクムラとは違う異性の感触に、心が動揺してしまっている。

「ちょ、私のヴィルに——ッ！」

「クムラ様は駄目です——！」

少し離れた場所から聞き覚えのある二人の声が聞こえるけれど、気にしてなんかいられない。深呼吸を繰り返し、心を落ち着かせることに集中しなくては。

「フフ」

余裕を失っている僕を見てシスレは楽しそうに笑った。

「デートをすることで互いの性別を意識させつつ、気を緩めたところを籠絡する……お母様がお父様を仕留めた方法ですが、効果は覿面（てきめん）のようですね。鼓動、加速していますよ」

「仕留めたって言い方はどうかと思うんだけど？」

「何も間違っていませんよ。そして――私の攻撃はまだ終わっていません」

「――！」

僕を抱きしめたまま正面に回り込んだシスレは至近距離から僕の瞳を覗き込み、自分の唇に舌を這わせて湿らせる。それを見て、僕は息を呑んだ。まだ終わっていないということはここから更に、この行為を上回る攻撃が仕掛けられるということか。僕の心拍数を上昇させ、ブレスレットを作動させる攻撃が。

「……それ、内容を聞いても？」

「意地悪ですね、ヴィル様。高まり合った男女が行うことなんて、一つしかありませんよ」

若干赤くなった頬を隠すことなくそう言ったシスレはその細い指を僕の頬に這わせた後――不敵な笑みを浮かべ、言った。

「それではヴィル様――おっぱじめましょうか」

「その一言で全部が台無しになったよ？」

ここまで順調に築き上げられていた雰囲気が音を立てて崩れ去った。

僕の熱くなっていた頬が急激に冷めていき、回数を増加させていた心臓の鼓動も正常に戻る。嗚呼、この聖女様に対して緊張することは何もない。クムラと同じように、軽くあしらってしまえば大丈夫だ。心でそう理解してしまい、緊張による硬直はいとも簡単に解けてしまった。

ムードの欠片もない一言だったな。いや確かに、今の雰囲気は先の関係に進展しようと言っても問題のないものだったけど、選択した言葉が悪すぎた。何だよ、おっぱじめるって。乱闘でもする気か？　今はシスレが僕に言ったからまだマシな空気になっているものの、立場が逆だったら氷点下もいいところになってしまうぞ。

僕が正常に戻り、いつまで経ってもブレスレットが作動しないことで、自分の失態を認識したようだ。僕から身体を離したシスレは顎に手を当て、首を傾げた。

「おかしいですね。私の作戦は完璧に進行していたと思うのですが……実際、ヴィル様の心を揺らすこともできていましたし」

「ムードっていうのはちょっとした一言で簡単に壊れるものなんだよ。ちゃんと最適な言葉を選ばないと、いとも簡単に全てが水の泡になるんだ」

「いや〜それは酷なことだと思うよ、ヴィル」

シスレの作戦は失敗したと判断したらしく、離れたところからこちらの様子を窺っていたクムラがこちらに近付きながら笑って言った。

「私たちには恋愛経験なんてものは微塵もないんだからさ。一発で最適解を見つけるなんて、不可能だよ」

「フフ……私たち魔導姫には自由な恋愛なんて許されていませんからね。そんな経験、できるはずもありません」

「あ、あの……」

楽しそうに自虐していた二人の魔導姫に、遅れてやってきたルインが言った。

とても残酷で、容赦のない一言を。

「その……自分で言っていて、悲しくなりませんか?」

「「……」」

その問いに二人が沈黙し、無言のまま天を仰いだのは言うまでもないことである。

シスレとクムラの作戦が失敗した理由。どちらにも共通して言えることは——恋愛経験があまりにもなさ過ぎたことだった。


「えっと、次は私の番になるのですが……」

広大で壮大な美しい花畑を後にし、屋敷の客間に移動した後のこと。

僕たち四人の中で唯一椅子に座ることなくテーブルの傍に立っていたルインは室内に充満する重苦しい雰囲気に苦笑いを浮かべつつ僕たち——正確には、生気を失った様子で沈黙する二人の魔導姫に小さな声で言った。

「あの、大丈夫ですか？　お二人とも」

ルインの心配の問いかけに対する答えはなかった。クムラもシスレも反応すらすることなく、共に白いテーブルへと額をつけて突っ伏したまま動かない。屍のように姿勢を変えず、時折小さな溜め息を吐く生物と化していた。

彼女たちがこんな状態になってしまった理由は明白。どうやら、先ほどの花畑での一件がかなり心を抉ったらしい。ルインの何気ない疑問が、微塵も悪意のない一言が、最強と謳われる魔法師の二人をいとも容易く打ちのめしてしまったのである。

いや、魔導姫ともあろう者があれくらいのことで凹むなよ。

室内の空気を重くし続ける二人にそんなことを思いながら、僕は尚も心配の眼差しを彼女たちに向けるルインに言った。

「二人の心配はしなくてもいいよ、ルイン。すぐに復活すると思うから」

「だといいのですけど……」

「大丈夫。二人とも魔導姫なんだから、これくらいのことで再起不能になったりはしない。ちょっと休憩すれば、元気を取り戻すよ」

不安に眉を寄せるルインを安心させるための言葉を告げ、次いで、僕は彼女に頼んだ。

「順番的に、次はルインが挑戦する番なんだけど……僕も少し疲れちゃったから、時間を空けてもいいかな？　一時間とは言わない。三十分ほど休む時間を貰えればそれで十分だよ」

「勿論(もちろん)です、ヴィル様」

僕の頼みを笑顔で快諾し、ルインは片足を扉のほうへと向けた。

「では、私はお茶と……甘い物を持って参りますね」

「ありがとう。よろしく頼むよ」

本当に良くできた子だな。

僕はルインが出て行った扉を見つめながら、そんなことを思った。容姿も家柄も性格も申し分ない上に、気配りまでできる子など滅多にいない。きっと僕は彼女の想(おも)いに応えることはできないだろうけど、それでもルインは将来、素晴らしい旦那さんを迎えることができるだろうな。根拠はないが、何故(なぜ)か僕には確信が持てた。

「私たちだって……」

「ん？」

不意に聞こえた声に扉からテーブルのほうへと顔を向けると、どんよりとした空気を全身に纏ったクムラが突っ伏した姿勢のまま、モゴモゴと口を動かした。

「好きで恋愛経験が皆無なわけじゃないんだよ……ただ身分とか立場とか力のせいで、できなくなってるだけで」

「ええ、その通りです。私たちは世界で七人という選ばれた乙女しか持つことのできない力と引き換えに、恋愛の自由を奪われてしまっている。私たちの色恋が許されるのは同等の力と立場を持つ異性のみで、そんな殿方は存在しません……ヴィル様以外に」

突っ伏していた上体を起こしたシスレは僕を見ながら続けた。

「つまり魔導姫である以上、恋愛が許される相手は同じ『神が創りし羅針盤』の保有者であるヴィル様以外にいないということなのです。もしくは同性である他の魔導姫と恋仲になるという選択肢もありますが……これは現実的にあり得ないことです」

「ようするに、私たちが恋愛できないのはヴィルのせいってことだ。責任とってハグしてキスして愛してるって言って結婚してよ。それが無理なら……抱かせろ！」

「嫌です」

僕は即答で拒否した。

百歩譲って魔導姫の恋愛に制限が設けられているのは理解できるとして、その責任を僕に求めるのは全く理解できない。理不尽が過ぎるだろう。暴君か、君たちは。

頬杖(ほおづえ)をつき、僕は細めた目を二人に向けた。

「あまりにも横暴なこと言ってるけどさ、実際に陛下とか法院から恋愛を制限されているわけじゃないんだろ？　しようと思えば、二人なら相手は幾らでも見つかったんじゃない？」

「ないね」

「無理ですね」

「なんで？」

二人は容姿端麗で地位もあり、振り回されることはあるが性格も悪くない。高望みをしても、理想的な相手を見つけることは可能だったと思うけれど。

僕の疑問にまず、クムラが鼻を鳴らした。

「学生時代は勉学に明け暮れて異性に微塵も興味がなかった挙句、最高司書官になってからはヴィルが来るまで禁忌図書館の外にすら出られなかった私に恋ができると？」

「そ、そっか……」

「聖女として身も心も清らかであり続けなくてはならず、尚且つ異性との接触を徹底的に断たれていた私に色恋を楽しむ余裕があったとでも？」

「ごめんて」

二人の心の傷を抉ることになってしまい、僕は早々に謝った。まぁ、うん。彼女たちにも色々な事情があるらしい。魔導姫という立場以外にも、自由な恋愛ができない切実な理由が。これ以上の深掘りはやめよう。最悪、この子たちが泣いてしまうから。

「だから本当に、ヴィルが現れた時の感動は忘れられないよ。私にも恋愛ができるチャンスが来たと思ってさ」

「言うなれば、ヴィル様は恋に飢えた乙女という獣の前に出現した美味(おい)しい子羊なのです。」

さっさと観念して私に食べられてください。性的な意味で」

「清らかな心が行方不明になってるよ聖女様」

聖女……というか異性の前で乙女が口にしてはならないことを躊躇うことなく告げたシスレに僕がツッコミを入れた直後、

「大分苦戦しているみたいね、二人とも」

ガチャ、と音を立てて扉が開かれた。

入室してきたのはエフィア様だ。彼女は初対面の時から変わらない微笑を浮かべたまま、椅子に座る僕たちのほうへと近寄ってくる。

まるでこれまでの光景を全て見ていたような口ぶりだ。いや、実際に見ていたのだろう。この屋敷は余すことなく彼女の領域。目の届かないところなど一つもないと言われても、僕は信じることができる。

椅子の背凭れに預けていた背中を浮かせたシスレは唇を尖らせ、僕へ視線を向けたままエフィア様に言った。

「苦戦しているというのは、認めざるを得ませんね。ヴィル様は想像以上に防御力が高い殿方でした」

「これはもう本当に法律を変えるところから攻めたほうがいい気がする」

「権力乱用を真剣に考えるなよ」

「二人の気持ちはとてもよくわかるわ」

両腕を組んだエフィア様はうんうん、と頷いた。

「男女どちらにも言えることだけど、良い子ほど身持ちがとても固いのよね。私も旦那を落とす時はとても苦労したわ。何をしてものらりくらりと躱されて……でも、だからといって諦めては駄目よ？　恋は常に攻めの姿勢でなくちゃいけない。私も最終的には身体で無理矢理——」

「お母様。流石に両親のそういう話は聞きたくありません」

本来子供には隠しておかなくてはならない夫婦の事情を赤裸々に語ろうとしたエフィア様に片手を突き出し、シスレは制止した。

そりゃあ、聞きたくないよね。両親が夫婦になる前の情事の事情なんて。実の娘であるシスレだけではなく、僕たちまで気まずくなってしまう。反応に困るというか、どんな言葉を返せばいいのか迷うというか。当のエフィア様は話したかったらしく、少し残念そうにしている。そんな実母にシスレはとても迷惑そうな目を向けていた。

よく似た母娘だ。容姿といい、性格といい。

僕は二人を交互に見つつ、そう思った——と。

「おまたせしました！」

再び扉が開かれ、退室していたルインが部屋に入ってきた。彼女は両手で銀のトレイを持っており、その上には生クリームやプリン、様々なフルーツが盛りつけられたパフェが四つ載せられている。それを落とさないよう慎重にテーブルへ運ぶルインの後ろには天使族のメイドが彼女を見守るように控えており、その両手にはティーセットの載ったトレイが一つ。

てっきり、甘い物というのはクッキーなどの軽く食べることのできるものだと思っていたのだけど、思いのほか量のあるものが来たな。このパフェを一つ完食すれば、胃袋はかなり満たされることだろう。

勿論、折角持って来てくれたのだから残すような真似はしない。ありがたく完食させていただきます。

「昨晩作っていたパフェね」

「はい。お母様の分も調理場にありますからね」

「ありがとう、ルイン。あとでいただくわ」

仲睦まじい母娘のやりとりが交わされる横で、テーブル上に置かれたパフェを見つめたクムラが悔しげに言った。

「手作りかぁ……なんか、女子力に関してはあらゆる方面で負けている気がする」

「ルインは元々お菓子作りとか裁縫とか、そういったことが好きな子ですからね。女子力だけで言えば、この子は私たちの中で断トツですよ」

「最強女子め……うま」

口々に言いながらもクムラとシスレはスプーンで掬ったクリームを口に運び、幸せそうに顔を綻ばせた。どうやら、とても美味しいらしい。言葉はなくとも、彼女たちの表情を見れば十分に伝わる。

確かに女の子らしさで言えばルインが断トツではあるのだけど……クムラとシスレには、ルインが持っていない魅力も沢山あるので自信喪失する必要はないと思う。この腕のブレスレットは作動しなかったけれど、二人からのアプローチには多少なりとも心が動いた。それは今回だけではなく日頃も同様に、ドキッとさせられることが幾度もある。それは、彼女たちにも魅力がある何よりの証拠だ。

二人がもう少し控えめになってくれたら、僕の心はこれまで以上に動くかもね。そんなアドバイスを胸中で呟き、僕も銀のスプーンで掬ったパフェのクリームを口に運んだ。とても美味しい。クリーム自体はとても甘いけれど、一緒に盛りつけられているフルーツの酸味がくどさを打ち消してくれる。これなら最後まで飽きることなく、美味しく完食することができそうだ。

文句なしに、店で売ることのできるクオリティだ。

僕はとても美味しい、と感想を告げようとパフェを食べる手を一度止めてルインに顔を向けた。

すると。

「あ、ヴィル様。口元にクリームが」

僕と目を合わせたルインはそう言って、紙ナプキンを片手にこちらへ身を寄せた。

その瞬間、僕はこう思った。ルインは片手に持っているそれを用いて、僕の口元に付着しているクリームを拭きとってくれるのだろう、と。

だが——実際は予想と異なった。


ペロ。


「え」

僕は小さな声を零(こぼ)して身体を硬直させ、同時に思考を停止させた。否、僕だけではない。パフェの甘みに舌鼓を打っていたクムラとシスレもスプーンを口に咥(くわ)えたまま、こちらを見て固まっている。唯一、エフィア様だけは『あらまぁ、大胆』と面白そうに笑っていた。

各々がこんな反応をするのは当然だ。何故なら、ルインは紙ナプキンではなく、自らの舌で僕の口元に付着していたクリームを舐(な)め取ったのだから。片手のそれは僕の警戒心を解くためのブラフ。何も疑うことなく身動(みじろ)ぎを止めた僕へ、彼女は不意打ちを決めたのだ。

な、なんでこんなことを？

大きな驚きと動揺に言葉が声にならず、僕は視線でルインに尋ねる。だが、声にしなければ疑問は伝わらない。僕から身を離した彼女は自分の唇に桃色の舌を這わせ――これまでに見たことのない妖艶な笑みで言った。

「甘いですね。とっても」

「……」

一瞬の沈黙を挟んだ後。

僕が腕に装着したブレスレットから大きな音が鳴り、静まり返った室内に響き渡った。

◇

ご褒美の権利を使うタイミングは、少し考えさせてほしい。

ブレスレットを作動させた後、勝者であるルインは僕にそう言って足早に客間を後にした。立ち去る寸前に見せた表情は大きな達成感に満ちており、彼女が内心に抱く嬉しさや喜びを感じられるものであった。記憶を振り返ってみれば、足取りも軽やかなものだったように思う。スキップでもするのではないかと、思ってしまうくらいに。

全く予想していなかった勝者の誕生に僕は驚きを隠せず、暫くの間、ルインが出て行った扉に視線を固定したまま動かすことができなかった。

ただ、結果自体は驚いたけれど、先ほどのルインに僕が胸を高鳴らせてしまったことについては納得している。あれは男なら……いや、たとえ同性の女性であったとしても、ドキッとしてしまうだろう。僕がこれまでに抱いていたルインという少女に対するイメージとの差、ギャップと表現するのが適切なのだろうか？　とにかく、可愛らしい年下の少女が突然見せた大人っぽい仕草、表情、行動に、僕の心は完全にやられてしまったのである。もはや感服するしかなかった。

　クムラもシスレも普段から僕に好意を伝え、尚且つ大胆な発言をしているが行動に移すことはできていない。ああ見えて、二人とも心は純粋な乙女だ。言葉に変換することはできるものの、行動に移す勇気を持てずにいる。

　二人の魔導姫が踏み止まり、躊躇うことを、ルインは平然とやってのけたのだ。その勇気と行動力は称賛に値するものである。

　かくして、突発的に勃発した乙女による僕を巡る戦いの決着はついたわけだが……残念ながら、まだ幕引きをすることはできない。勝者が生まれれば、敗者も生まれるもの。僕には勝者への褒美を与えるという役目の他に——敗北という苦汁を嘗めた者を労うという役目も、残っているのだから。

「二人とも元気出しなよ」

　暖炉で燃える炎だけを光源としている、薄暗く重苦しいどんよりとした空気が漂う書庫。

その中央に置かれたソファに腰掛け分厚い歴史書を開いていた僕は、濃密な負のオーラを全身に纏(まと)う二人の敗北者に声をかけた。

彼女たちは今、互いに距離を置いた場所にいる。クムラは処刑台に立たされた死刑囚のような表情で一言も発することなく禁書の解読作業を行っており、シスレは部屋の隅で両手を合わせ神に祈りを捧(ささ)げている。共通する点を挙げれば負のオーラを纏っていることと、瞳に光を宿していないこと。

さて、僕はどんな労いの言葉を彼女たちに向ければいいのか。

開いていた本を閉じた僕は二人を交互に見やった後、一先(ひとま)ず、ありきたりな言葉を送った。

「えっと、まずは本当にお疲れ様」

「「ロリコン守護者」」

「ロリコンじゃない。僕に八つ当たりするなよ」

こちらを見ることすらせずに同じ言葉を口にした二人に反論し、僕は彼女たちに細めた目を向けた。

「勝負に負けたことが悔しいのはわかるし、誰かに当たりたくなる気持ちも理解できる。けど、理不尽なことを言うのはやめてよ。僕は普通に困る」

「ふん！　年下の女の子にキスされて滅茶苦茶(めちゃくちゃ)喜んでいたくせに！」

「ドキッとしただけで喜んではないんだけど」

「あんなに顔を赤くしたヴィル様は初めて見ましたね」

「不意打ちというか、突然あんなことされたら誰だって顔が熱くなるだろう」

「つまりヴィルは不意打ちが好きってこと？　じゃあ今後はヴィルが寝ている時に不意を突いて婚姻届にサインさせよっかな」

「では私もヴィル様の不意を突いて○○を襲撃して○○を頂戴することにしましょうか。神もきっと許してくださると思います」

「二人とも倫理って言葉知ってる？」

「「勿論（もちろん）」」

「知ってるなら守ってよ」

　自らの欲望に忠実な発言を繰り返す二人に溜（た）め息（いき）を吐（つ）いた後、続けた。

「というか、二人は日頃からそういうことを言ってるけどさ。実際に行動する勇気って本当にあるの？　今回、君たちがルインに負けてしまった原因はそこだと思うけど」

「それは、勿論……」

「で、きますけど」

「目が泳いでるぞ」

　二人は断言することなく視線を部屋のあちこちに飛ばす。それはもう、できないと言っているに等しい。結局、二人とも初心なことに変わりはないのだ。口だけは大人ぶっているけど、行動が伴っていない。そこは可愛い部分と受け止めることもできるのだけど。

「ルインの勝因と君たちの敗因は、

「労ってくれると思ったのに駄目だしとはこれ如何に……」

「けれど確かに、先ほどのルインは明らかに雰囲気が違いましたね。大人の魅力というか、貫禄というか、そういった類のものを漂わせていました。あの子のあんな表情、これまでに見たことが――」

と、その時。

「――ッ」

「っと、大丈夫？」

小さな呻き声を上げて足元をフラつかせたシスレを僕は慌てて抱き留めた。彼女は微かに顔を顰めながら側頭部に片手を当てており、その様は頭痛を堪えているように見える。

僕が心配の声をかけてから、数秒。側頭部から手を離したシスレは『ありがとうございます』と礼を告げ、僕から身を離した。

「心配は無用です。少し、鋭い頭痛が走っただけですので」

「え、本当に大丈夫？　バランスも崩していたけど」

「大丈夫です。この後の用事が済んだら、少し横になりますから」

「用事って？」

「調べものです」

小首を傾げて問うたクムラにそう返したシスレは、パチン！　と一度指を鳴らした——

瞬間、彼女の眼前の虚空から、とある物が出現した。

「……函？」

僕はシスレの手中に収まったそれを注視し、やがて呟いた。

それは、とても奇妙な形状をした函だった。一般的な立方体や直方体ではなく、星型多角形。色は金と黒。全ての面に鍵穴が存在しており、またその形状は全てが異なっている。形状や鍵穴など、既に一般的な函と異なる点は多い。だがそれらの特徴以外に僕が気になったのは——この函からは、禁書と同じく濃密なマナが感じられるのだ。つまり、これは魔道具の一種であるということ。何らかの力を内包しているのだ。

これは一体、何なのだろう。

僕がシスレに尋ねる前に、クムラが物珍しそうに言った。

「へぇ、小世創函か。珍しい物を持っているんだね」

「小世創函？　これが何か知ってるの？」

「勿論知ってるよ。数が少ないから知ってる者は滅多にいないけど、叡智の魔導姫たる私は当然、これについての知識も有している」

　安楽椅子から立ち上がったクムラは自らの知識を披露できることに高揚しているのか、敗北感をまるで感じさせない自信に満ちた表情でこちらに歩み寄ってきた。そしてシスレが持つそれに指先で触れ、説明を続ける。

「小世界創函(グランドラ)は太古に存在した一人の魔法技師によって作られた魔道具で、世界に九つしか存在しない貴重な代物だ。宿る力は全て共通していて――函の内部に現実から完全に乖離(かいり)した世界を創ること」

「世界の創造、ですか」

　クムラの説明を聞いたシスレは手元の函に視線を落とした。

「それは、罪深い力ですね。如何なる世界であろうと、それを創造して良いのは神のみです。その真似事(まねごと)をするなんて……」

「安心しなよ、シスレ。世界創造とは言っても、その世界の神になれるわけじゃない。イメージとしては、魔法で自分だけの広い部屋を造るといったほうが近いよ。生物を創造することなんてできないし」

　ただ、とクムラは小世界創函(グランドラ)を興味深そうに見つめて言った。

「それだけでも十分に凄(すご)い力だよ。この中にも私たちの知らない創られた世界が入っているのだと考えると、それだけで胸が躍る」

「この箱にどんな世界が入っているのかは、わかりますか？」

「流石にそれはわからないかな。それぞれにどんな世界が入っているのかは、文献にも記されていないし。役に立てなくてごめんね」

謝ると、シスレは『いえ』と微笑み頭を左右に振った。

「私の用事は、お母様が宝物殿で見つけたこの函が何なのかを調べることでしたので。小世創函という魔道具であると教えてくださった時点で、十分です。流石は叡智の魔導姫様ですね」

「それは何より。さぁて、禁書の解読も八割くらい終わったことだし……」

両手を頭上に掲げて伸びをしたクムラは欠伸を一つ噛み殺し、流れるような動作で正面から僕に抱き着き、僕の胸に顔を押し当てた。

「ちょっと疲れたから寝るよ。ヴィル、一時間経ったら起こしてくれる？」

「眠るのは構わないけど、僕は今から外に行くから起こすことはできないよ」

「え、何処に——ま、まさか、もう!?」

「違うよ」

クムラは僕がルインの下に行くと思ったようだけど、違う。僕がこれから向かうのは頼まれた仕事を果たすためであり、目的地は屋敷の敷地外だ。

「そろそろ日没だからね。魔物の討伐に行くんだよ」

「あ、なーんだ」

「ヴィル様。でしたら、私も――」

「シスレはまず休むこと。さっきもフラついていたし……とりあえず、クムラと同じくらい横になりなさい。もう大丈夫って思うくらいに回復したら、外に来ていいよ」

「……了解しました」

シスレは若干不服そうな表情を作ったが、自分で横になると言ったことを思い出したのだろう。渋々と受け入れ、ソファに腰を落とした。

「ヴィル、気をつけてね」

「無理をなさらないようにしてください」

「わかってる。じゃあ、行ってくるね」

二人に片手を上げて応じ、僕は大鎌を担いで書庫を後にした。

扉を閉じ、廊下に敷かれた赤い絨毯を踏みしめて歩き進みながら考える。昨晩は魔物がとても多く、かなり疲れることになった。今夜はどうだろう。昨日あれだけ叩き斬ったのだから、多少は数を減らしてくれていると嬉しい。討伐自体は嫌ではないのだが、魔物を斬る度に溢れ飛び散る気味の悪い体液はなるべく見たくないし、浴びたくないから。

今日も昨晩と同じく、衣服に付着しないよう細心の注意を払って戦おう。無論、怪我をすることもなく。

気を引き締めた僕は大鎌を握る力を少しだけ強めつつ、一階へ続く階段を下った。

「あれ？」

最後の段を下りた直後、僕は廊下の先に見知った人物を見つけ、足を止めた。

ルインだった。廊下の端、壁際に直立している彼女は何処か神妙な面持ちで……いや、悲哀を宿した表情で、正面の壁を見つめている。彼女の視線の先には一枚の絵が飾られていた。翠色の髪を持つ女性の肖像画が。

「――」

やがて、その肖像画から目を離したルインは最後まで僕の存在に気が付くことなく、こちらに背を向けて立ち去った。僕は彼女が消えた廊下の曲がり角を注視しながら歩を進め、肖像画の前に立つ。

それを眺め、僕は僅かに首を傾げた。

どうしてルインは、この肖像画に向かって――ごめんなさいと呟いていたのだろう。

その答えを求め、僕は肖像画を暫く眺め続ける。

しかし結局、何の答えもヒントも得ることはできなかった。

第三章　禁書に記された幾つもの謎と、解を知る少女

翌日の夕暮れ。

「何か、昨日とは違って空気がピリピリしてるね」

エーデンベルム邸で最も多くの時間を過ごしたといっても過言ではない書庫内に広がる緊張感を孕んだ空気に、僕は後ろ手で扉を閉じながら室内にいた二人に声をかけた。

「どうしたの？　何だか、大きな戦いを前にした兵舎みたいな雰囲気が漂ってるけど。特にクムラ」

「当たり前だよ」

昨日と同様に燃える暖炉の前で安楽椅子に座っていたクムラは僕に顔を向け、フゥ、と大きく息を吐いた。

「今夜でしょ？　ヴィルがルインのところへ行くの」

「うん、そうだね」

誤魔化すことでもないので、僕は肯定した。

今朝、ルインに告げられたことだ。昨日の勝負で勝利したルインに与えられた権利の行使——即ち、僕と二人きりになる時間を今夜、作りたいと。当然、僕にはそれを拒否する

理由も権利もないため、即座に了承した。時間は空けておくよ、と。

「約束の時間は今夜の二十時。今は十六時だから、丁度四時間後だね」

「……いい？　何があろうと絶対に、ルインを好きになったりしたら駄目だからね？　私はそんなの絶対に認めないから！」

「それは約束できないことかな。もしもルインが僕へ真剣な想いを伝えたなら、僕は誠実に応じる義務がある。自分の気持ちには素直に従うよ」

「ぐぬぬぬぬ……だ、だとしたら――」

「でも」

クムラの言葉を遮った僕は今朝に見たルインの表情――重大な決意をした彼女の顔を思い浮かべた。

「きっと、クムラの心配しているようなことにはならないと思うよ。ルインの気持ち的にね」

「？　どういうこと？」

不安や焦りの混ざった表情を消したクムラは小首を傾げるが、僕は『確証があるわけじゃないから、内緒』とだけ告げ、彼女の傍を離れた。絶対と言い切ることはできない。僕もまだ、確証は得られていない。ただ、そうなのではないかという疑いがあるだけなのだ。その疑念を持つに至った理由は、複数あるけれど。

ばいい。
無理に考え、周りに話す必要はない。どうせこの後に会うんだ。その時に、本人に聞け
「シスレは何を読んでいるの？」
「アルバムですよ、昔のね」
本棚の前に立ち分厚い書物を開いていたシスレに尋ねると彼女はそう返し、開いていた
ページを僕に向けて見せた。
そこに貼られていたのは、全てが均一な大きさをした数多の写真だ。そこに写っている
のはどれも仲睦まじい温かな家族の姿であり、幼き日のシスレと思われる小さな女の子も
いる。昔から感情が顔に出にくい子だったようで、写真の彼女は全て無表情だった。
それを眺め、僕は笑った。
「可愛いね。小さい頃のシスレ」
「どうも。けど、今は可愛くないんですか？」
「そういうわけじゃないよ。けど……今はどちらかというと、可愛いよりも綺麗のほうが
しっくりくるかな」
「ありがとうございます。では明日、役所に諸々の手続きをしに行きましょうか」
「そういう意味で言ったんじゃないから——さりげなく距離を詰めないでくれ」
「大丈夫です。周りに誰かいたとしても、私はちゃんと興奮できますから」

「役所に何をしに行くつもりだよッ！」

僕は堪らず叫び、こちらへとにじり寄るシスレの両肩に手を置いて彼女をその場に押し留めた。シスレまで役所に云々言うのはやめてくれ。そういうのはクムラだけで間に合っている。これ以上増えるのは勘弁だ。

この流れを断ち切るために、僕は強引に話題を変えた。

「と、ところでシスレは何でアルバムを？」

「本棚に入っているのを偶々見つけたので、手に取っただけですよ。何年も見ていないものでしたから、久しぶりに見るのもいいかなと。あ、これは父です」

「……なんか、やつれてない？」

「恐らく前日の夜、お母様に搾りつくされたのだと思います。父は大体月に三回ほど、こんな感じになるので」

「聞かなければよかった」

中性的で少年のようにも見える悪魔族の男性。とても優しそうに見える彼の頬はこけており、見るからに疲れ切っている。対照的に、彼の隣にいるエフィア様の肌は健康的で、艶々だ。沢山の元気を吸い取られたことが、本当によくわかる。

いつもお疲れ様です。胸中でそう呟き、僕はシスレに尋ねた。

「そういえば、シスレのお父上は何処に？　屋敷に来てから一度も見かけていないけど」

「今は国外におります。他国にあるブリューゲル大使館で仕事をしているので」

なるほど、そういうことだったか。

疑問が氷解したことに心の雲が少し晴れるような感覚を覚えつつ、僕はシスレからアルバムを受け取り、パラパラとページを捲（めく）った。屋敷裏の広大な花畑、王城の庭園、何処（どこ）かの高級レストラン。様々な場所を背景にした家族の温かな思い出が記録されている。眺めているだけで胸が温かくなる幸福の瞬間の数々に、僕は自然と口元を綻ばせ——違和感を覚えた。

あれ、妙だな。このアルバム——と、胸中で呟いた時。

「解読終了〜」

達成感や解放感を多分に含んだクムラの声が聞こえ、僕は自分の思考を中断した。どうやら、禁書の解読が終わったらしい。胸の引っ掛かりは残ったままだけど、この件について深掘りするのは後にしよう。今はまず、一仕事終えた上司を労（ねぎら）わないと。

僕は手近な机にアルバムを安置し、両手を上に大きく伸ばしているクムラの下へ移動した。

「お疲れ様、クムラ。早かったね」

「こんなものじゃない？　全知神盤（グリフ）の魔法を使っているし、何より私って天才だからさ。本当は昨日中に終わらせたかったんだけど、勝負が入ったり、一部が暗号になっていたりとイレギュラーなことが色々あったからね」

「予定外のことが起こった上で、禁書の解読に二日足らずだからね……本当、必死に勉強してる研究者たちが気の毒だよ」

劣等感に苛まれ続けた筆頭であるファムの姿を思い浮かべながら言うと、シスレが僕の肩に手を置いて言った。

「大丈夫ですよ、ヴィル様。他の研究者たちはそもそも、クムラ様と自分を比較したりはしません。絶対的で圧倒的な才覚を持つが故に、彼女は最高司書官の役に就いているのですから。比べられる相手ではないと研究者たちもわかっていますよ」

「その通り。ファムみたいなのは、本当に例外さ」

「だといいんだけど」

先日のような事件が再び起きないことを願いつつ、僕はシスレをソファに座らせた後、机上に置かれた禁書を指さしてクムラに尋ねた。

「それで、クムラ。この禁書には一体何が書かれていたの?」

「日記だよ」

「日記、でございますか」

「そう」

クムラはグラスに注いだ琥珀色の蒸留酒を口に含み、禁書の隣に置かれていた解読文の紙束をシスレに投げ渡した。

「詳細は解読文を読めば全てわかるから、私からはざっくりとした説明だけするね。執筆者は不明。内容は前半と後半に分けられていて、前半は主に日常を記した日記になっている。何を食べたとか、何処に行ったとか、他愛のない事柄が多かったかな」

「そのようですね」

解読文に視線を滑らせたシスレはクムラの説明にそう返した。

「日付は……今から五百年ほど前ですね」

「うん。結構古い書物だったから驚いたよ。劣化防止の魔法が付与されているけど、それにしても状態は良かったし。まぁ、期待していたような新しい知識は記載されていなかったのは残念だったけど」

「新たな知識は簡単に見つかるものではないよ。それで、後半は？」

「……ちょっと驚くと思うよ」

そう前置きし、クムラはシスレに言った。

「シスレ。解読文の後半のページを適当に捲ってみて。何処でもいいから」

「何処でも？　えぇ、わかりま――ッ」

言われた通りページを捲ったシスレはそこに記されている文を見た瞬間、驚きに息を呑んだ。

ごめんなさいごめんなさいごめんなさいごめんなさいごめんなさいごめんなさいごめんなさいごめんなさいごめんなさいごめんなさいごめんなさいごめんなさいごめんなさいごめんなさいごめんなさいごめんなさいごめんなさいごめんなさいごめんなさい――。


ページを埋め尽くしていた謝罪の言葉に、僕は絶句し、クムラに確認した。

「ねぇ、クムラ。この禁書には本当に、こんなことが書かれていたの？」

「本当だよ。しかも一ページだけじゃない。この禁書の後半部分は全て、ごめんなさいという言葉だけで埋め尽くされていた……異常だよ。解読した時、私も言葉を失ったくらいだもん」

「それはそうでしょうね。私もこんなことが書かれている本は、これまでに見たことがありません。一体、誰に対する謝罪なのか……それは書いてありましたか？」

「いいや」

シスレの問いに、クムラは頭を左右に振り否定した。

「残念ながら、謝罪相手のことは何処にも記されていなかったよ。そもそも、これは手紙じゃない。感情のままに書き殴ったような筆跡だったし、誰に向けた謝罪なのかを記していなくても不思議じゃない」

「ということは、解読はしたけど謎だらけに変わりはないってことか」

「寧ろ謎が深まったと言ってもいいかもしれない。私が調べてもいいけど、こういう調べ事は研究者に任せたいな。新しい知識がなかった以上、私としてはこの禁書にはもう価値がないからね。それこそ、ファムとかは喜んでやるんじゃない？」

「う～ん。でもそれだと、謎の解明に時間がかかると思うよ」

「特に答えを知りたいわけじゃないから、私は解明されなくても構わな――あ、どうしても気になるなら、今からキスして全知神盤の真価を発揮する？　そしたら、すぐわかるよ？」

「どうしても必要な時以外は使わないって約束しただろう。駄目」

「ケチッ！　減るもんじゃないんだから別にいいじゃない！」

　僕の服の裾を乱暴に引っ張り、クムラは頰を膨らませて不服そうに文句を垂れた。自分の提案は素晴らしいのだから受け入れろ、と視線で訴えている。だが、僕は首を左右に振り続けた。今はどうしてもそれが必要な時ではないのだから、と。

「――神隠し」

　駄々を捏ね続けるクムラを宥めている最中、不意にシスレが呟いた。そして解読文を見つめたまま、クムラに問う。

「クムラ様……この言葉が本当に、禁書に記されていたのですか？」

「え、うん。そうだけど……それがどうかしたの？」

先ほどとは違う様子のシスレに、クムラは僕の服から手を離し身体(からだ)の正面を彼女に向けた。感じられるのは、驚愕(きょうがく)と動揺。彼女は禁書に記されている神隠しという言葉について、明らかに何かを知っている様子だ。いや、知っているというよりも、心当たりがあるといったほうが適当か。どちらにせよ、その単語に驚いた理由を知りたい。

シスレは解読文から僕たちへと目を向け、結んでいた口を開いた。

「神隠しというのは我が一族に伝わる伝承であり、実際に古くから起きている事象でもあります」

「それは言葉の意味通り、一族の誰かが失踪しているということ？」

「はい。その通りです」

肯定し、シスレは語った。神隠しとやらの詳細を。

「実際に私の知る者が神隠しに遭ったわけではありませんが、数百年前から定期的に一族の誰かが姿を消すそうです。何処をどれだけ捜索しても姿は見つからず、完全に行方を晦(くら)ませてしまう。痕跡も残さずに。その人数は現在までで八人。その全員が将来を有望視された魔法師だったそうで……彼女たちの肖像画は今も、屋敷内に飾られています」

「それって……」

僕は昨日ルインが見つめていた肖像画を思い出した。今になって考えると、あの絵に描かれていた人物はシスレやルインと少し似ている。特にあの翠色の髪は、エーデンベルム家の特徴なのだろう。

「神隠しの真相を解明することは、エーデンベルム家における最大の目標です。この禁書に神隠しと記されていたのであれば、事件の真相が記されているのではないかと期待したのですが……今のところ、そういった記述はありませんね。ただ、神隠しで誰かが消えたとしか」

「事件の詳細や真相らしきものは何も記されていなかったよ」

結論を述べ、クムラは続けた。

「禁書に記されていたのはまず、さっきも言った日記と謝罪。それらに加えてほんの数ページだけ、獣骨文字ではない特殊な文字を用いた暗号と――」

パチパチ、と暖炉の炎が弾ける音を挟み、クムラは告げた。

「ユーセルという名の少年についてのことだよ」

「ユーセル？」

その名を聞いた瞬間、僕は反射的にポケットの中へ手を入れ、そこからある物を取り出した。

金色の指輪だ。昨日、シスレと共に花畑を歩いている時に見つけたもの。一見何の変哲もない指輪なのだが……この内側には、今しがたクムラが告げたユーセルという名前が彫られている。単なる偶然と片づけることもできるだろう。何の因果関係もないと。いや、寧ろその可能性のほうが高いとすら思う。

が、僕にはどうしても偶然と思うことができなかった。

「ヴィル様、それは？」

「昨日、花畑で偶然見つけたんだ。以前花畑を訪れた誰かの落とし物だと思って拾っておいたんだけど……この内側に、ユーセルって名前が彫られているんだ」

「ちょっと見せて」

「はい――って、シスレ？」

僕がクムラに指輪を手渡すと同時、シスレは無言のまま立ち上がり、その場から立ち去ってしまった。突然どうしたのだろう。何処に行くつもりなのか。

僕とクムラが動きを止めて注視する中、壁に近寄ったシスレはそこに飾られていた一枚の絵を取り外し、それを手にこちらへ戻ってきた。

そして、告げた。

「この絵に描かれている少年が、ユーセルという名前です」

咄嗟（とっさ）に、僕はその絵に注目した。

その少年の絵は、お世辞にも高名な画家が描いたとは思えない出来栄えだった。胴体に対して顔はやけに小さく、全体的なバランスに違和感を覚える。また背景もただ絵の具で塗り潰しただけのようで、まるで少し絵が上手な幼子が描いたような印象を受けた。

「確かに」

僕と共に絵を眺めていたクムラは片手に禁書を開き、絵とページを交互に見比べて納得した顔を作った。

「禁書に記されている人物の特徴と、この絵に描かれている少年は一致している。少し長い茶色の髪に、頬に一筋の傷。年頃に体型。そして……左手の金の指輪も」

「ここに描かれている指輪が、これだと？」

「この絵が描かれたのは数百年前のようですが、可能性は十分にあると思います」

馬鹿な、という言葉を僕は飲みこんだ。

俄（にわ）かには信じられないけれど、あり得ない話でもないのだ。本当にこの絵が数百年前に描かれたものだとしても、その頃にはあの花畑は造られていた。今ほど広大でなかったにせよ、確かに存在していた。遥（はる）か昔を生きた者の落とし物があったとしても何も不思議ではない。

これは本当に、この絵に描かれている指輪と同じものなのか？

僕が指先に摘まんだ指輪を見つめると、クムラがシスレに問うた。

「ねぇ、シスレ。作者を知りたいから、この絵を額縁から外してもいい？　もしかしたら、この禁書の執筆者と同じかもしれない」

「大丈夫ですよ。古い絵ではありますが、特に価値があるわけではないので」

クムラの要請を快諾したシスレは絵を裏返し、留め具を手早く外して絵を額縁から取り外した。だが予想と期待に反して、裏面には文字らしきものは何も記されていない。薄茶色の木枠と四つに分かれた同色の面があるのみだ。

作者はサインを書き忘れたのか。それとも、意図的にサインを書かなかったのか。どちらにせよ、欲しかった情報を得ることができずに僕とシスレは落胆を表情に滲ませる。残念、と。

だが、クムラは違った。

「古典的な隠し方だね」

呟いたクムラは机上の酒瓶を手に取り、その中身を白いハンカチに染み込ませ、濡れたそれでキャンバスの裏面を軽く拭いた。

「かなり昔に使われていた手法だよ。情報を記した木版の上から特殊な塗料を塗り、その情報を隠す。この塗料はアルコールで分解されるから、こうして酒を染み込ませたハンカチで拭けば簡単に——ぇ？」

途中で言葉を止め、クムラは現実を疑うような声を零した。

浮かび上がったのは、この絵の作者と思われる人物の名だ。少し崩れた文体であり、如何にもサインといった感じの文字。

クムラだけではない。それを見た僕とシスレもまた、クムラと同じように目を見開き言葉を失った。動揺し、困惑し、思考が停止してしまった。声も発さず、動くこともせず。暖炉で揺れる炎だけが時間の流れを証明する。

僕たちがこうなるのは当然のことだ。

だって、そこに書かれていた作者の名は――。

「ルイン……エーデンベルム」

この絵が描かれた当時は生きているはずのない、少女の名前だったから。

◇

星を模った神秘の函を前にして、少女は両膝を地につけていた。

閉め切られた黒いカーテンは光の入室を拒み、施錠済みの扉は外部からの侵入者を防ぐ。暗い部屋の中に存在する光源はただ一つであり、それは机上に安置された蠟燭に宿る小さな火。それが放射する緋色の光が、部屋を同色に染め上げている。

孤独で、静寂に支配された部屋。

その中央で膝をついた少女は感情を殺した表情のまま、口を開いた。

「今夜、新しい依り代をお持ちいたします」

返答は何処からも聞こえない。少女の声は部屋に反響した後、空気に溶けて消えていく。

けれど、それで良かったのだろう。再び訪れた静寂の中、少女はやるべきことは終わったと言わんばかりに立ち上がり——無感情の中に一抹の悲しみを含ませた表情で、机上の蠟燭に灯る火に息を吹きかけた。

「偶然、ですよね」

数分という長い沈黙を挟んだ後、結んでいた口を最初に開いたのはシスレだった。

「私の妹と同名というだけの、別人ですよね。いえ、そうに決まっています。この絵が描かれた当時はあの子が……私たちが生まれる何百年も前ですから」

「普通に考えればそうだろうね。それ以外にありえない」

浮かび上がった名前を指先でなぞっていたクムラはシスレの意見に賛同した。普通だ。

誰であろうとそう考えるに決まっている。この時代を生きているルインが何百年も前に描かれた絵の作者だなんて、誰も考えない。

けれど、僕の心には引っ掛かりがあった。

「ヴィル。言いたいことがあるなら、遠慮なく言っていいよ」

「……うん」

僕が納得いっていないことに気が付いたクムラの後押しを受け、僕はやや躊躇いながらも、勇気を出してシスレに問うた。

「ねぇ、シスレ。失礼を承知で聞くけど……ルインは本当に君の妹なの？」

「どういう意味でしょうか」

「そのままの意味だよ。君には本当に、妹なんているのか」

「……どうして、そんな疑問を持ったのですか」

機嫌を損ねたことがわかるムッとした表情で僕に問い返すシスレ。

失礼なことを言っている自覚はある。彼女が怒るのは当然のことだ。けれど、それでも聞かなくてはならない。確かめなくてはならない。眼前の謎を解くためにも。

一度ソファを離れた僕は先ほどシスレに見せてもらったアルバムを手に戻り、ページをパラパラと捲りながら告げた。僕の胸に残る、違和感の正体を。

「これは、シスレと家族の思い出が記録されたアルバムだよね」

「そうですが、それがどうし――」

「ないんだよ――ルインが写った写真が、一枚も」

「……え」

シスレは呆然と小さな声を零し、硬直した。

ありえないことだ。これだけ分厚いアルバムを作ることができるほどの写真がありながら、家族の一人を写したものが一枚もないなんて。

ルインの家族仲は良好だ。彼女はエフィア様やシスレ、使用人たちからも愛されている子であり、いないものとして扱われているわけではない。家族写真を撮る際は必ず一緒のはずだ。一人だけ写らないなんて、愛情深いエフィア様が許すはずがない。

しかし、現実としてルインが写る写真は一枚たりとも存在していない。これに違和感を覚えないというほうが、おかしな話だった。

アルバムを手に取り、クムラが言う。

「今になって考えてみればシスレとはそれなりに長い付き合いだけど、妹がいるなんて話は一度も聞いたことがなかったね」

「そう、だったでしょうか」

「うん。それこそ、ここに来る時に乗った天空列車の中ですら、ね。普通は家に誰がいるのかを伝えるものだけど」

「……だとしたら」

絵の裏側に記されたサインを見やり、シスレは小声を震わせた。

「ルインは、あの子は一体何なのでしょうか。家族でないというのなら、一体」

「わからないよ。少なくとも、今はね。これから調べる必要がある」

僕は今夜、ルインと二人で会う約束がある。その時に直接聞いてみようか。

素直に答えてくれる可能性はとても低いだろうけど、駄目もとで。その他に彼女の正体を知る方法なんて、僕には思いつかないし。

「これはあくまでも仮説なんだけど」

唐突に前置きをしたクムラはアルバムから禁書へと持ち替え、続けた。

「ルインは、禁書の力によって生み出された存在なんじゃないかな」

「禁書の力？」

僕が復唱すると、クムラは頷いた。

「禁書というのは例外なく、何かしらの力を宿しているものなんだよ。開いたり、記されている文を読んだら発動することが多い。けど、この禁書は解読を終えた今も、私に力を見せていない。となると考えられるのは――私が解読を始める前から既に、能力は発動されていた。私はそう思ってる」

持論を述べ、クムラは再びアルバムに目を向けた。

「普通に考えれば、大切な自分の妹が一枚も写真に写っていないことに気づかないわけがない。けど、シスレは気が付かなかった。それは禁書の力で認識障害が引き起こされているからじゃないかなー、と私は考えてる。自分には妹がいる、写真に写っていないのは不思議なことではないと、シスレは認識させられているってこと。もっと簡単に言えば――自分が存在しているのは当たり前、という認識を与えている」

「そんな力を持つ禁書、あるの？」

「前例はあるよ。かなり昔に起きた事件だけど、その時の禁書は『人が共食いをするのは当然のこと』という認識を周囲の人間に植え付けていた」

「悪趣味な力だ……」

聞いただけで不快な気持ちになる事件に僕が顔を顰めると、不意に、シスレがソファの背凭れに背中を預けて天井を仰いだ。大きく息を吐き、鋭い頭痛を堪えるように両手を自分のこめかみに添える。

頭と気持ちの整理が追い付いていないのだろう。無理もない。大切な家族だと思っていた者が実は、家族ではない可能性が急に浮上したのだ。冷静に受け止めるのは無茶というもの。今のシスレには、時間が必要だ。

ただ、色々な整理をつける時間はあまり残されていないのが現実だ。

「ヴィルがルインに会うのは二十時だったよね」

「うん。二人でね」

「……大丈夫？」

心配するクムラを安心させるために、僕は口元に笑みを浮かべた。

「大丈夫だよ。ルインが何者なのかはわからないけど、あの子は悪者ではないからさ。たった数日の短い付き合いだけど、それは断言できる」

「でも……」

「信じてよ。僕の人を見る目をさ」

強い不安を宿すクムラの瞳を真っ直ぐに見つめて言うと、彼女は完全に納得したわけではないけれど、それ以上は何も言わなかった。僕と彼女は長い付き合いだ。何を言われようとも僕がルインに会いに行くつもりだと、早々に察したのかもしれない。

僕の意思を優先、尊重してくれたクムラに感謝し、僕は部屋の壁に掛けられていた時計を見やった。

十七時三十分。

陽が落ち、害ある魔物が現れる時間だった。


結局、禁書や絵についてそれ以上の調査を進めることはやめ、僕はルインに会うことになった。

これは主にシスレのためだ。比較的落ち着いている僕たちとは違い、彼女はとても動揺しており、冷静さを欠いている状態。あの場で更に調査を進め、仮説を幾つも立てるのは、彼女の心に大きな負担を強いることになる。今は少しでも落ち着き、気持ちの整理をつける時間が必要だと、僕とクムラは判断した。

今、シスレは書庫に残っているクムラと一緒にいる。きっと、大丈夫だ。普段は僕に迷惑ばかりかける子だけど、ああ見えてクムラは頼りになる。精神的に参っているだろうシスレに寄り添い、彼女の心の負担を軽減してあげることができるはずだ。

上司、そして相棒でもあるクムラを信じ、自分のやるべきこと——魔物の討伐に専念する。それが僕の下した判断であり、決定だ。

弱くなった夕陽に大鎌の黒い刃を照らした後、手に馴染むそれを軽く振って感触を確かめる。問題ない。いつも通り手足のように、自在に操ることができている。

さ、行こうかな。

自分が万全の状態であることを再確認した僕は手にした大鎌を肩に当て、危険が蔓延る門の外へと一歩踏み出し——ギィ。背後から聞こえた正面扉の開閉音に、次の一歩を踏み出すことなく動きを止めた。

態々見なくても、屋敷から出てきたのが誰なのかはわかる。この時間、このタイミング。考えられるのは一人しかいない。

僕はやれやれ、と肩の力を抜き、振り返ることなくそこにいる人物に呼び掛けた。

「心を落ち着けることに苦戦しているようだね、シスレ」

「……申し訳ありません」

返ってきた覇気も元気もない声に、僕は大鎌の切っ先を地面に下ろして振り返る。

閉じた扉の前に立っていたシスレは、声以上に溌剌さの窺えない顔をしていた。とにかく、浮かない。誰が見ても不安で胸がいっぱいになっているのがわかる表情だった。

ジッとしていられなかったのだろうな。

僕はシスレがここに来た理由を察しつつ、大鎌を石畳の隙間に突き立て、彼女に近付いた。

「静かな書庫でクムラと一緒にいるよりも、一人でも外に出て結界魔法を展開していたほうが気が紛れると考えた……そんなところかな」

「ヴィル様は私のことを何でもわかってしまうのですね」

「何でもわかるわけじゃないよ。知らないことも沢山ある。けど、それなりに付き合いも長いからね。何となく、察することはできるよ」

「そう、ですか」

作り物、紛い物の笑みを口元に浮かべたシスレは次の言葉を紡ぐことなく、少し下に視線を向けた。それを見れば、彼女が相当精神的に参っていることは容易に想像ができる。

魔法師の頂点に君臨する絶大な力と、魔導姫という立場と権力。畏怖と敬意、崇拝の念を一身に集めるシスレは日々、周囲の期待に応える振る舞いをしている。誰にも頼らず、動揺せず、決して弱音を吐かず、あらゆる問題を完璧に解決してみせている。そのせいもあり、シスレはどんなことでも一人で何とかできる、という印象を多くの者から持たれていた。

　だが忘れている者も多いが、彼女はまだ十七歳の少女だ。心身共に成熟しているとは言えず、人生経験も浅い。力や立場がなければ本来、まだ大人を頼り、大人に守られるべき存在なのだ。今回のように大きなショックを受ける出来事に直面した時は、寧ろ今のような状態が正常とすら言える。

　今のシスレは王国の守護者でも、魔法師の頂点である魔導姫でもない。心の拠り所を求める傷心の、普通の女の子だ。

　そんな子を前にした僕はどうするべきなのか。そんなの、考えるまでもない。

「シスレ」

「はい――んぇ？」

　僕は呼びかけに応じたシスレを正面から抱きしめた。やや困惑した様子のシスレに構わず、彼女の背中を一定のリズムで優しく叩く。子供をあやし、落ち着かせるように。

　特に抵抗することなく、されるがままになっているシスレの耳元に口を近づけ、僕は囁いた。

「正直、今の僕には君にどんな言葉をかければいいのかわからない。安心しろとか、大丈夫とか、何の根拠もなくそんな無責任なことは言えない。君が受けているショックは、僕たちには想像することができないほどに大きなものだと思うから」

「ヴィル様……」

「だけど、こうして寄り添うことはできる。心の支えになることはできる。だから寄り掛かりたくなったら、僕でもクムラでもいい。遠慮なく身体(からだ)も心も預けていい。僕たちはしっかりと、君を支えてあげるからさ」

「…………フフ」

　少しの間を空け、シスレは小声で笑った。

「本当に、貴方(あなた)はいつでも優しいですね。初めて会った時から、ずっと変わりません」

「どんな会い方したっけ」

「大聖堂の中央で初対面の私にキスを――」

「してないことだけは断言できる」

　現状、僕が口づけを交わした相手はクムラだけだ。

　間髪を容(い)れずに現実を口にした僕に『冗談です』と少し残念そうに言い、シスレは僕の胸に強く額を押し当てた。

「初対面は王城の庭園でしたね。魔導姫としての畏怖だけが私に集まり、対等な友人と呼べる者が皆無で孤独に苦しんでいた私に、ヴィル様はとても気さくに声をかけてくださいました」

「そうだったね。確かあの時は……アイスも食べたっけ」

「食べましたね。まだ知り合って数十分だというのに誰よりも対等に、友人のように接してくださって……あれ以来ですね。ヴィル様の子供を胎に宿したいと思うようになったのは」

「普通に好きになったじゃ駄目なのか……」

「好きですよ、心から。きっかけは些細なことでしたけど……恋の始まりはそんなものです」

「直截的に言われると、流石に恥ずかしいかな」

僕はシスレから視線を外し、指先で頬を掻いた。

日頃から顔を合わせる度に似たようなことを言われているとはいえ、こうして直截的に、また触れ合った状態で告げられると流石に照れてしまう。

僕は顔に宿った熱を悟られないよう、話を逸らすことにした。

「クムラは今どうしてるの？　ずっと書庫に籠ったまま？」

「はい。難しい顔をしながら、解読文と睨めっこしています。禁書に記されていた特殊な文字の暗号について、色々と考えているようで」

「あぁ。あの暗号か……」

僕は書庫を出る前にクムラから教えてもらった禁書の暗号、その解読文を脳裏に思い浮かべた。

多くの疑問が残る文章だった。意味はわかるし、執筆者がどんな願望を抱いていたのかもわかった。だけどどうしてそんな願望を抱いていたのか、何故特殊な文字を用いて暗号化したのか。解読したことによって増えた謎も多い。

クムラはそれを謎のまま終わらせるつもりがないのだろう。研究者、学者としての意地が彼女を駆り立てているに違いない。未知を未知のまま捨て置くなんて許せないとか、何とか、彼女は以前言っていた気がする。

難しい顔をしながら紙面を睨みつけているクムラを思い浮かべていると、不意にシスレが僕の名を呼び、僕を抱きしめる力を強めた。

「ところで、ヴィル様」

「え、なに？」

「仮にも恋する乙女と二人きりで抱き合っている時に、他の女の名前を出すのはどうかと思います」

「いや、他の女って……クムラは——」

「どう、かと、思い、ます」

口調と抱きしめる力が更に強くなった。どうやらわかりました、という言葉以外は受け付けないらしい。僕は降参を示し、シスレの肩を叩く。

「わ、わかったよ！　これからは気をつけるから！」

「良い返事ですね。ですが、ヴィル様はもう少し乙女心というものを学んだほうが良いかと。今の失態は相手が私でなければ、殺されていても文句は言えませんよ」

「生死に関わるようなことだったのか、今のは……」

殺されなくて良かったと苦笑し、僕はシスレとの抱擁を解いて屋敷の外に目を向けた。

夕陽は空の彼方に沈み切った。遠くから殺気を感じる。どうやら、奴らが姿を現したらしい。

それはシスレにもわかったらしく、彼女は僕の背中に回していた腕を下ろした。

「お気をつけて、ヴィル様」

「うん。行ってくるよ」

微笑みを返した僕はシスレの頬をそっと撫で、地面に突き立てていた大鎌を引き抜き、外へ続く門に向かった。安全の保証されない外へ足を踏み出し、僕は感覚を研ぎ澄ませる。

ここから先は危険地帯、僕の命を狙う魔物共の領域になる。一瞬の油断が命取りだ。集中を切らすことなく、警戒を最大に引き上げ、敵を殲滅することだけを考えよう。それ以外の無駄な思考は不要だ。殺す。僕は頭を、その一言で埋め尽くした。

さぁ、来なよ。大鎌の柄を握る力を強め、僕は丈の短い草が覆いつくす大地を踏みしめ

た。

だが。

「……変だな」

自分の周囲を構成する世界を見回し、僕は小さく呟いた。

魔物がいないのだ。確かに気配はしたのだが、その姿は何処にもない。視界に映るのは何処までも広がる草原と、ここを住処としている数匹の野生動物。見ているだけで不快になる異形の姿は何処にもない。

奇妙と言わざるを得ない。昨日も一昨日も、この時間帯には魔物が出現していた。それに先ほど感じた気配と殺気は気のせいではない。僕だけではなくシスレも感知していたのだから、断言できる。

二日間で数百体も殺してしまったので、魔物は僕を警戒して姿を晦ませているのか。ないとは言えない可能性について考えつつ、僕は姿を見せない魔物を探して周囲の散策を始め――ザッ。鼓膜を揺らした草を踏み鳴らす音に、足を止めた。

おかしい。全ての魔物は音を生まない無音の生命だ。声も、足音も、呼吸音も、あらゆる音を持たない。僕の背後に何かがいることは間違いないのだが――音がした時点で、それが百％魔物であると断言することができなくなった。

しかし、陽が沈んだ草原に――魔物の領域にいる時点で善良な民である可能性は排除される。ならば、斬り捨てるまでだ。

　そこにいる存在を斬る判断を下した僕は即座に決定を実行するため、右足を軸として背後へ振り返り、殺意を宿した大鎌を振るった――が。

「な――ッ！」

　視界に入った想定外の存在に声を上げた僕は大鎌を急停止させ、咄嗟に後方へ跳躍した。

　人型だ。魔物であることに間違いはない。背中には蝶のような羽を携えており、両手は竜に似た鱗に覆われている。肌には紫色の亀裂が刻まれており、天使族や悪魔族、また人間族でもないことは明白。

　だがそれでも、姿形や顔立ちは人の女性そのものだった。

　なんだ、こいつは。殺意も敵意も感じられず、これまでの魔物とはまるで違う。何を目的として僕の前に現れたんだ？

　眉を顰め、僕は大鎌を構えた状態で注意深くそれを観察する――と。

「――イ、ア」

　掠れた金切り音のような声を震わせた人型の魔物は、いつの間にか手にしていた三角錐の物体を僕のほうへと突き出した。ガラスのような材質をした代物だった。透明な内側には膨大な量のマナを蓄えており、その影響を受けて周囲には蜃気楼が発生している。

　もしかして、この魔物はこれを僕に渡すために現れたのだろうか。

昨日までの魔物の行動パターンからは考えられないことだったが、眼前のこれは手にした物体を僕に突き出したまま全く動かない。僕が受け取るまで動かないとでも言うかのように、微動だにしなかった。

僕は差し出された三角錐の物体を注視し、思案する。

この場での最善は怪しげなそれを受け取ることなく彼女——と表現していいのかわからないが——の首を刎ねることだろう。幾ら何でも怪しすぎる。魔物は全て敵なのだから、斬り伏せてしまっても問題はないはずだから。

が、僕の直感は告げている。この魔物の首を刎ねる前に、これに触れたほうがいい、と。

そうしなければ、取り返しのつかないことになると。

信じるしかない。他ならぬ、自分自身の直感を。

自らの第六感に従うことにした僕は不測の事態にも対応できるよう警戒と注意を切らすことなく、ゆっくりと眼前の彼女へ近寄り、三角錐の物体に指先で軽く触れた。

直後、それは今が夜であることを忘れさせるほどに眩い白光を放ち、その後、表面にとある景色を映し出した。

「……何処だ、ここ」

僕は一面に映る景色を見つめ、呟いた。

草原だ。今、僕がいる場所と全く同じ、丈の短い草花に覆いつくされた緑の大地。家屋や教会といった建造物は一つも存在していない。あるのは太い幹に蔦を這わせた大樹と、灰色の巨石。夕陽に照らされているらしく、映る全ては茜色に染まっていた。

そして——そのすぐ近くに倒れている、一人の少年。

彼の意識はない。いや、意識どころではない。彼は既に絶命している。呼吸による横隔膜の上下運動は確認できず、瞳からは光が消え失せ、身体はピクリとも動いていない。全体的に裂傷や打撲痕などで酷い有様になっているのだが、特に首の負傷が酷い。肉が抉れてしまっており、そこから大量の赤い命の液体が地面に注がれている。その傷のせいで血色は悪くなっており、肌は青白く変色していた。

命の灯を消した魂の抜け殻となった少年。彼の姿は記憶に新しい。

何故なら——僕は少し前まで、彼を描いた絵を見ていたから。確認できる様々な特徴を記憶に格納された絵と照らし合わせても、一致する箇所はとても多い。間違いない。彼がユーセルだ。

「それから……」

僕は冷たい亡骸となった少年から、大樹の根元に意識を向けた。

そこにいたのは、二人の人物。一人は人間族と思われる老人女性だ。全身を紫色のローブに包んでおり、片手には自分の身の丈を優に超える長大な杖を持っている。皺の多い顔に形成された笑みは不気味そのものであり、口から覗く黒ずんだ金歯が胡散臭さに拍車をかける。絶対に信用してはならない、という印象を相対する者に抱かせる外見と言えた。

そして、もう一人。不気味な老人女性に身体の正面を向けている、背中に白い翼を携えた天使族の少女。その後ろ姿を一目見た瞬間、僕は彼女が誰なのかを理解した。見間違えるわけがない。彼女のことは今日の朝も見ているのだから。

彼女は——。

「私です」

鼓膜を揺らした声に、僕は静かに目を閉じた。

嘘であってほしいと願いはしたけど……やっぱり、か。

少しの落胆と現実を受け入れる諦めの溜め息を吐いた僕は声の主の顔を思い浮かべながら、声が聞こえたほうへ顔を向けた。

「やぁ——ルイン。この時間は屋敷の外に出てはいけないって、エフィア様にも忠告されていなかった？」

「大丈夫ですよ、ヴィル様。ここにはもう、その子以外の魔物は出てきませんから」

怪しげな微笑みを浮かべながら答え、ルインはこちらに近寄ってきた。

魔物はもう出てこない。そんなことを知っているということは、断言するということはつまり、そういうことなのだろう。いや、それ以外に考えられない。

落ち着け。早まるな。急ぐな。時間はあるのだから慎重に行こう。

平常心を保つために自分自身へと言い聞かせ、僕は両肩の力を抜いて胸に手を当てた。

「そうなんだね。なら、安心だ。これ以上魔物が出てこないというのなら、ここはただの安全な草原でしかないね」

「はい。気持ちの良い夜風に当たることができる、安全で素晴らしい草原です。……申し訳ありません、ヴィル様」

「それは何に対しての謝罪かな」

細めた目を向けて問うと、ルインは懐から取り出した懐中時計を僕に向けた。

「まずは……権利を行使する時間を前倒ししてしまうことについてです」

「そのことなら全然構わないけど……まずは、か」

「はい。恐らく……いえ確実に、これから先も私はヴィル様に沢山謝らなければなりませんから」

「そっか」

ルインは他にも僕に――僕たちに嘘を吐いている。

彼女の罪悪感が滲む表情から察しながら、僕は頼みごとを口にした。

「なら、時間の前倒しを許す代わりに、先に僕の質問に答えて貰ってもいいかな？　どうしても知りたいことがあってね」

「勿論です。私に答えられる範囲のことであれば、何でも」

「ありがとう。じゃあまず──」

お言葉に甘えて、僕はまず一つ目の質問を──否、確信のある推測を告げた。

「君──別に僕のこと好きじゃないだろう」

「……」

目を丸くし、次いで、ルインは苦笑した。

「どうして、そう思ったんですか？」

「一番は雰囲気とか、僕に向ける視線かな。好きと明言しているクムラやシスレが身近にいるから、僕は他者からの好意には敏感なほうなんだ。君が僕に向ける想いは、彼女たちとは明確に違う。あとは何より──運命の人とは言っていたけど、君は僕に対して一度も好きと言っていない」

僕はそれに、とてつもない違和感を覚えていたのだ。運命の相手と言えば大抵の者は恋愛絡みのことだと思うかもしれないけど、例えば家族の仇だったり、人生を変える師だって、運命の相手と表現することはできるだろう。

好意か否か。そこについて一度も言及しなかったことが、僕の中でずっと引っ掛かっていた。どういう意味の運命なんだろう、と。

理由を聞いたルインは吐いた嘘がバレてしまった時のような、ばつの悪い顔で言った。

「……嘘を吐けない性格が仇になりましたか」

「良い子である証拠だね。嘘は吐かないに越したことはないんだし……次の質問だけど、これが一番知りたいことだ」

「いいのですか？　一番の質問は、最後まで取っておくべきだと思いますけど」

「生憎僕は、美味しいものは早めに食べるタイプだからね」

微笑を浮かべてそう返した僕は一度、地面に膝をついたまま動かない魔物の女に視線を向けた後、再びルインを視界に映し――質問を告げた。

「君は――何者なんだ？」

最大にして、最難の謎。その解を持つ者はルイン以外にいない。

教えて欲しい、答えを。どうしても。

問われたルインは十数秒という長い沈黙を挟み、その間に僕から視線を外して俯き――自分の胸の中央に手を当て、答えた。

「私は――亡霊なんです」

夜風に揺られた草花の擦れる音をやけに大きく感じながら、僕はルインが口にした質問の答え——彼女自身を表す言葉を復唱した。

「亡霊、か」

「はい。両親から授かった肉体を失った後も冥府に向かうことなく、魂のまま現世に留(とど)まり続けている……罪深い悪(あ)しき亡霊です」

悪しき。と、態々(わざわざ)付け加えた理由はわからなかったが、一先(ひとま)ず、僕は追及しないことにした。

亡霊。簡単には信じることのできない回答だ。確かに多くの疑問を秘めた少女であることに間違いはないのだが、それでも、僕の中にある亡霊のイメージと眼前のルインはあまりにも異なる。もっと、こう……半透明で、恐ろしい雰囲気を漂わせていて、近くにいるだけで肌寒さを感じるというのが、亡霊というものではないのか。

「……それは、本当のことなんだよね？」

「嘘ではありません。私は一度死んでいますからね」

「それは……君が死んでしまったのはいつ？」

「正確な年月は憶えていないのですが、そうですね……少なくとも、今から五百年は前だったと思います。まだこの島には街がなく、今ほどの発展も遂げていない時代です」

「五百年か……」

　復唱し、僕は自分の顎に指先を当てた。

「丁度、あの禁書に記されていた日記の年月と同じ頃だね」

「私の死亡時期と日記の年月が重なるのは当然ですよ。だってあの日記は――私を封印している禁書の中身は、私が書いたものですから」

「……」

　齎された事実に僕はやや驚きながらも、やっぱり、と心の片隅で呟いた。

　予想通り、と言ってもいいだろう。ルインの名が書かれていた肖像画と、禁書に記されていた少年の特徴は完璧と言っていいほどに合致している。それこそ、どちらも同じ人物が書き記したものでなければ、説明ができないほどに。

　禁書の執筆者がルイン。ということはつまり、彼女は僕たちが頭を悩ませた全ての疑問の答えを持ち合わせているということになる。それは僥倖だ。僕はすぐにでも、主にクムラが解き明かそうと必死になっている謎の答えをルインに求めたい衝動に駆られた――が、僕は首を左右に振って衝動を抑える。それは後でいい。すぐに聞かなくてはならないことではないから。それよりも、先ほどの彼女の台詞にあった言葉について追及するほうが先だ。

　質問の優先順位に従い、僕はルインに尋ねた。

「封印というのは？」

「そのままの意味ですよ、ヴィル様。私の魂はあの禁書の中に封印されていて、普段は自由に外を出歩くことができないんです」

「禁書に魂が封印されているだって？」

「はい。それがあの禁書――偶像証記(ぐうぞうしょうき)が持つ能力の一つなんです」

　それを聞き、僕は『流石(さすが)だな、クムラ』と称賛の言葉を呟いた。

　クムラの推測は的中していたらしい。禁書とは本来何かしらの能力を持っているものであり、容易に解読などできる代物ではない。触れ、開き、文を読んでも能力が発動しなかったのはつまり、力を持たないのではなく既に発動しているから。すぐにその結論に辿(たど)り着くことができたクムラには、素直に脱帽だ。

　禁書の力について、僕は続けてルインに尋ねる。

「能力の内の一つってことは、他にもあるの？」

「亡霊である私が今この場にいること自体、禁書の力ですよ」

「……受肉か」

　ルインは『正解です』と首を縦に振った。

「数十年に一度だけ受肉することができ、私はエーデンベルム家の次女として現世を生きることができる。冥府に旅立つはずの魂の封印、期限付きの受肉、そしてエーデンベルム家に関係する全ての者への認識改変。これが、偶像証記が秘めた能力です」

「なるほど……確かに、それなら全ての辻褄が合う」

これまでにシスレが一度もルインのことを話さなかったことも、当然のように誰もがルインをエーデンベルム家の一員として認識していることも、過去のアルバムにルインが写った写真が一枚もなかったことも、全て。

本当に、彼女は亡霊なんだな。

そうでなければ説明することのできない事象の数々に、僕は自分の中に残っていた疑念を消滅させた。ここまで彼女の口から語られたことは、全て真実なのだと。

「私は、存在そのものが嘘なんです」

罪悪感と哀愁を感じさせる表情と声音で呟いたルインは下唇を噛みながら目を伏せた後、振り絞るようにして謝罪の言葉を口にした。

「ごめんなさい――お姉様」

ザッ。

聞こえた音に屋敷のある方角を見ると、そこにはシスレがいた。何処から話を聞いていたのかはわからない。だが彼女の悲しそうな、困っているような、驚いているような、様々な感情が入り混じった表情を見る限り、重要な部分は全て聞いていたらしい。でなければ、そんな顔はしないから。

一番複雑な気持ちになっているのは、きっとシスレだろう。耳を疑いたくなるような事実を前に、受け止め切ることすらできていない。

僕はゆっくりとこちらに歩み寄ってくるシスレに、普段と変わらぬ声音で呼びかけた。

「シスレ、どうしてここに？　今は僕とルインが二人で過ごす時間だよ」

「申し訳ありません、ヴィル様。盗み聞きのお叱りは後程しっかりと受けますので……ルイン」

妹の、妹だと思っていた少女の名を呼び、シスレは彼女に問うた。

「貴女(あなた)は本当に……私の妹ではないのですか？　本当の家族ではないのですか？」

「……ごめんなさい」

祈るように紡がれた質問に、ルインは視線を下に向けて答えた。

「血縁関係がないわけではありません。けれど、私は貴女の妹ではなく——先祖に当たります。とても遠い、五百年前の」

信じたくない真実を告げられたシスレは咄嗟(とっさ)に言葉を返そうと口を開くが、喉元まで出かかっていた声を飲みこみ、代わりに肺を満たしていた空気を吐き出した。ここで感情のままに言葉を吐き出しても、現実が変わるわけではない。事実が書き換わるわけではない。

ルインは自分の妹ではなく、遠い先祖。遥か昔の世界を生きていた、命ある天使ではなく魂だけの亡霊。

それを自分自身に言い聞かせるように沈黙し目を閉じたシスレは心を落ち着けるために何度も深呼吸を繰り返した後、瞼を持ち上げ結んでいた口を開いた。

「ならば……貴女が私の先祖であり、あの禁書を記した張本人であるというのならば、知っているのですか？　あの神隠しの真実を」

「勿論」

「――っ」

即答に、シスレは息を詰めた。

彼女が見開いた両の目からは緊張と動揺、そして大きな興奮が感じられる。正しい反応と言えるだろう。数百年という長きに亘り語り継がれてきた一族最大の謎、その答えを知ることができるのだ。高揚し、心が平静を保つことができなくなっても何ら不思議なことではない。見ているだけで、今のシスレからは大きな期待と興奮が伝わってくる。

そんなシスレを遊びに熱中する子供を見るような目で見つめていたルインは不意に指を鳴らし、虚空からとある物を召喚した。

それは――。

「小世創函？」

昨日、シスレが書庫に持ってきた魔道具の函（はこ）だった。世界に九つしかない小世界創函（グランドラ）。色も形状も、昨日見た物に相違ない。

何故（なぜ）それを突然召喚したのか。いや、どうしてそれをルインが持っているのか。

僕とシスレが疑問の視線を送る中、ルインは手元のそれを指先で撫（な）で、言った。

「神隠しによって消えた子たちは皆、この中にいます」

「「！」」

「いいえ。正確には、この函の中で命を終えた、と言ったほうがいい」

齎された質問の答え、衝撃の事実。

理解が追い付かず小世界創函（グランドラ）を注視したまま硬直している僕たちから、僕たちの傍（そば）で地面に膝をついたまま全く動かない魔物の女へ視線を移し、ルインは続けた。

「そこにいる魔物も、昨日までヴィル様が討伐されてきた魔物も、全てこの函に封印されていたものなんです。そして悪しき者たちは百年に一度、封印が弱まる時、外の世界に解き放たれてしまう。そのまま放置してしまえば、街や民に甚大な被害が出てしまうのです」

「……つまり」

僕はルインから齎された多くの情報を基にした予想を告げた。

「魔物の再封印をするために、失踪した者たちは函の中に広がる世界に行った、ということ？」

「そういうことです。私がお願いをして、お連れしました。国を守るために、力を貸してください、と」

　それが真相か。胸中で呟き、僕はルインの持つ函を見た。

　姿を消した者たちが皆、将来を有望視されていた魔法師であった理由はそこだろう。魔物は強い。半端な力を持つ者では、封印をする前に殺されてしまう可能性が極めて高いのだ。どんな魔物であろうと冷静に、確実に、そして圧倒する者でなければ、役目は務まらない。求められたのは実力者。多くの魔物を屠（ほふ）れる強さが、最低条件だったのだろう。

　ここまでわかった今、ルインが僕とシスレに真実を話した理由は、容易に察することができる。

「君は僕たちに……魔物の再封印をしてほしい、というんだね？」

「その通りです」

　肯定し、ルインはシスレを見た。

「本当はお姉様――シスレ様にのみお願いをしようと考えていました。魔導姫であるならば今度こそ、生きてこの世界に帰ることができるはずですから。けれどヴィル様が魔物を圧倒する姿を見て、貴方（あなた）の協力も得られれば私の理想はより確実に達成されると思ったのです。生きて、帰還してもらうことが」

「なるほどね。僕と二人だけで話す時間を作ったのは……傍にクムラがいると、この話ができないからか」

「確実に反対されると思いましたので」

「だろうね。クムラは絶対に認めないと思うよ」

クムラは僕が負傷する可能性のある物事を極端に嫌う子だ。当初は、屋敷の周辺に出現する魔物の討伐に行くことにも難色を示していたほどに。そんな彼女のことだ、絶対に認めないだろう。強力な魔物の総本山、しかも自分の目が届かない世界に僕が行くなんて絶対に許さない。断固として拒絶の意思を示したはずだ。

僕は大鎌の柄で肩を何度も叩(たた)いた。

なるほど。運命の人というのはこういうことだったか。小世創函(グランドラ)に旅立つシスレを現世に帰還させる最後のピース、と。

「お願いします、お二方」

ルインは深く頭を下げ、懇願した。

「どうか、魔物の再封印に助力していただけないでしょうか。この島の、国の、民の、未来と安全のために」

「「……」」

どちらからともなく、僕とシスレは顔を見合わせた。

即答することはできない。戦闘に長けている自負がある僕でさえ、数十体を相手にやや苦戦したほどに強い魔物だ。幾ら僕たちが『神が創りし羅針盤』の保有者だからといっても、敵の総本山に二人で向かえばただでは済まないだろう。シスレは王国において最重要に位置付けられる要人だ。命どころか、傷の一つでもつけられない。しかしここで頼みを拒絶すれば、封印から解き放たれた魔物が街や民を蹂躙することになる。その被害は甚大を遥かに超えるだろう。それは僕としても本意ではない。魔導姫と僕の命と、平穏に暮らす罪なき民の命。どちらを取るべきか、とても悩ましい。

……いや、違うか。そもそも僕が首を縦に振らずに迷っているのは、二つを置いた天秤が揺れ動いているからではない。その二つではない、三つ目の要素が、僕の決断を遅らせている。

その要素というのは――。

「嘘だらけじゃん、ルイン」

全員同時に、鼓膜を揺らした声が聞こえたほうへと顔を向けた。

クムラだ。そこにいたのは書庫に残っていたはずの魔導姫であり、彼女は今、偶像証記を片手に大股でこちらに接近していた。表情に宿る感情は怒り。加えて、彼女の周囲には黄金色に輝く光の文字が幾つも浮遊している。全知神盤に格納された魔法が発動している証拠である、神秘の文字が。

どうも、クムラもシスレと同じように僕たちの会話を盗み聞きしていたらしい。全く、この魔導姫たちは……。

僕が呆れる中、草花を踏みしめて僕の隣に立ったクムラにルインは問いかける。

「嘘というのは、どういう？」

「恍けないでよ。自分が一番わかっていることでしょ？　さっきからルインは、半分くらい嘘を吐いていた。シスレが合流してからは、ほとんど全部が嘘。二人は騙せたとしても、私を欺くことはできないよ。知を司る私に、嘘は通じない」

「……言葉の真偽を見抜く魔法ですか」

落胆と呆れを窺わせる声音で告げたルインは肩を落とし、ハァ、と残念そうに溜め息を吐いた。

そう。三つ目の要素は、真偽だ。

先ほどから話を聞いている、ところどころに嘘ではないのかと思える部分があった。声のトーンであったり、表情であったり。ルインの話を完全に信じることができていない以上、首を縦に振ることはできない。違和感を抱えたまま、命の危険に晒される場所に行くことはできない。

「ルイン」

僕は手元の小世創函に視線を落としているルインに言った。

「僕は君の話の全てが嘘だったとは思っていないし、君が悪意を持って僕たちをその函の中にある世界に連れて行こうとしているわけではないこともわかる。だって、君からは悪意や害意というものが全く伝わってこないから。何としてでも、っていう必死さは感じるけどね」

だけど。僕は首を左右に振った。

「誰かに何かを頼む時は必ず、誠実でなければならない。少なくとも、話に嘘を混ぜるべきではない。嘘は誠実から最もかけ離れたものだ。信用ができない以上、僕は君の頼みに応じることはできないよ。そして当然、シスレも連れて行かせない」

「……そう、ですか」

僕の返答に、ルインはとても残念そうに目を伏せた。

チクリ、と僅かな痛みが胸に走る。これはルインの期待に応えることができないことへの罪悪感だ。彼女は僕たちに危害を加えようとしているわけではない。ここでは正直に話すことができないが、何か、本当に助力してほしいことがあるのだろう。

でも。わかってほしい。全ての生物がそうであるように、僕たちも命は一つしかないのだ。善意だけで大切なそれを危険に晒すことはできない。僕たちはまだ、死ぬわけにはいかないのだ。

さぁ、屋敷に戻ろう。話の続きは、そこで。

そう提案しようと、僕は目を伏せたまま俯くルインに一歩近づいた——その時。

「——函に触れましたよね」

クムラとシスレの足元に赤い魔法陣が出現した。

古代文字と幾何学的な図形によって構成された陣。不気味で危険な予感が漂うそれは出現から一秒とかからず、眩い赤の光を放射して僕たちの視界を同色に染め上げる。

これはマズイ。

一言呟いた時、既に僕は動いていた。呆然と足元の魔法陣を見下ろしていたクムラを片手で突き飛ばし、陣の外側へと移動させる。その代わり、先ほどまで彼女が立っていた場所——即ち魔法陣の内側に、僕は足を踏み入れた。

直後。

「——どうか、お願いします」

ルインの喉奥から絞り出したような掠れた声が聞こえ、僕の視界は全て、赤に包まれた。

◇

「み、皆……？」

出現した魔法陣が発する赤い光が消え、視界が鮮明になった時、私は一人になっていることに気が付いた。先ほどまで傍にいたヴィルも、シスレも、ルインも、誰もいない。広大な草原の中央で、一人きりになっている。目に見えるものは無数の草花と数本の木、空に瞬く星々、そして地に転がる小世創函（グランドラ）のみだ。自分以外の生命体は、何処（どこ）にも見当たらない。

どうして今の状況に陥ってしまったのか、何が起きたのかはすぐにわかった。

転移の魔法だ。あの魔法陣は陣の内側に存在する対象を別の場所へと強制的に移動させる魔法であり、あれが発動したことで、ヴィルとシスレはこの場からいなくなってしまったのだ。魔法陣による転移魔法が作用するのは空間そのものであるため、ヴィルの魔法を打ち消す特異体質の影響も受けない。

数秒ほど呆（ほう）けていた私は立ち上がり、少し離れた場所に転がっている小世創函（グランドラ）に近付き、それを手に取った。

「二人は、この中にいるんだ」

確信があった。

ヴィルとシスレは確実に、この函が創り出した世界にいる。招いたのはルインだ。拒絶された彼女がこの函に宿る力——函に触れた者を函の世界に強制転移させる、という魔法を利用して連れ去ったのだ。最後に聞こえたルインの言葉からして、そうとしか考えられない。

無力感に襲われる。本来、転移するのは私のはずだった。ヴィルは、私の身代わりになって……本当に、私は駄目だ。いつも、どんな時も、ヴィルに護ってもらっている。最高司書官なのに、魔導姫なのに、彼に助けられてばかりで、彼を助けることは何もできていない。

今だって、足手纏いにしか――。

「……いや」

弱気になった思考を振り払い、私は手元の函を注視した。

違う。ヴィルはただ闇雲に私を助けたんじゃない。それが最も合理的だと瞬時に判断したから、身代わりになったのだ。助けることだけを目的としていたなら、私よりも近くにいたシスレを突き飛ばしていたはず。でも、彼はそうではなく私を助けた。何か、私にこの場に残ってやってもらいたいことがあったから。

そんなもの、考えるまでもない。

この函の解錠だ。私の知恵と知識、そして全知神盤の力があれば自分たちをこの世界に呼び戻す――即ち、閉ざされた函を開けることができると考えたのだ。

そう考えると、一気にやる気が湧いてきた。胸の内で闘志が燃える。いいよ、期待に応えてみせる。やってやる。鍵穴内部の構造と付与されている魔法式の回路を解き明かせば、鍵が無くても解錠することはできる。これは古代と言っても過言ではない時代の代物で、如何に天才と呼ばれた学者や研究者であっても解錠することは難しいだろう。一つの鍵を開けるだけでも、下手をすれば何十年もかかる。

けど、関係ない。

叡智の魔導姫である私に――解けないものは存在しない。

「行くよ――全知神盤」

相棒である魔導羅針盤に呼びかけ、私は周囲に膨大な光の文字を浮かび上がらせ――マナを宿した指先で、小世創函の鍵穴に触れた。

◇

「函の中の世界、か……」

僕は自分の周囲に広がる景色を見渡し、ポツリと呟いた。

世界は一変している。星々が瞬いていた夜空は雲一つ見当たらない紫一色に染まり、大半が緑で覆われていた大地は咲き誇る青い花で埋め尽くされている。無風のため花々は揺れることなく停滞しており、この場に留まっているとまるで世界の時間が停止しているかのようにすら感じられた。

絶景であることは間違いない。ただその反面、眼前に広がる世界には歪さも感じられた。

大地に芽吹き天に向かって伸びる木々は幹が直角に折れ曲がっており、また色も赤や青、黒など現実を生きるそれとは大きく異なっている。また紫色の空には絶え間なく形状を変化させる謎の岩が無数に浮いている。

それらはここが現実とは異なる場所——完璧ではない創られた世界であることを如実に示していた。

加えて。

「魔物が封印されているっていう話は、本当だったみたいだな……」

足元に転がる気味の悪い死骸を蹴飛ばし、僕は不快感を前面に押し出した声音で呟いた。

切断面から体液を溢れさせる悪趣味な魔物の死体は、そこかしこに転がっている。全て僕が斬った個体だ。赤に染まっていた視界が晴れた直後、待ち侘びていたかのように一斉に僕へと襲い掛かってきたため、大鎌で薙ぎ払ったのだ。

正確な数はわからないけれど、斬った感覚的に百体は優に超えていたと思う。無論、僕が奴らに後れを取るようなことはなかったのだけど……この世界にいる影響なのか、現実の世界で戦った時よりも魔物が強かったように思える。一撃の威力といい、俊敏性といい、多くの面で驚かされた。

ここが魔物の根城である以上、まだまだ多く出現するはずだ。僕の命を狙って襲ってくる。一瞬たりとも油断することはできない。気を抜くことができるのは、僕が全ての魔物ば。

を殲滅した時だ。その時が来るまで、戦いに必要なあらゆる感覚を研ぎ澄ませ続けなけれ

刃に付着していた魔物の体液を振り払い、僕は今一度周囲を見回した。

今、この場にいるのは僕だけだ。シスレも、そしてルインも、誰の姿も見当たらない。

どうやらあの転移陣は僕たちを——僕とシスレを別々の場所に転送したらしい。一刻も早く、彼女とは合流を果たしたいのだが……厄介なことをしてくれたものだ。

情報がない以上、シスレの居場所を突き止めることはできない。そもそも、自分の居場所さえ把握していないのだ。わかるわけがない。

今手元にある情報は、ここが小世界創函の創り出した世界であるということのみ。現実世界に帰る手掛かりはなく、完全に手詰まりなわけだが……僕は特に焦ることなく、比較的落ち着きを保つことができている。

何故なら、希望があるから。

「現実世界にいるクムラが、そのうち函を開けて僕たちを助けてくれるはずだ」

偽りの空を見上げ、僕は希望の正体を呟く。

転移陣が発動する直前、僕はクムラを陣の外へと突き飛ばした。それはこの目でしっかりと見ているため、彼女がこの世界に来ていないことは確実。賢い彼女ならばルインとの会話から僕たちが函の中の世界に転移したと推測し、函の解錠作業を進めてくれているは

ず。クムラは王国が誇る叡智だ。本気になった彼女ならば、難解な函の解錠であろうと時間はかからないだろう。

現実世界への帰還については僕にできることがない以上、クムラに全て任せる。僕はただ、信じて待つだけだ。

となれば、僕がこの世界でやるべきことは一つ。はぐれてしまったシスレとルインに再会することだ。特にルインについては、話したいこと――いや、話すべきことが沢山ある。嘘を吐いたまま終わらせるなんてことは僕が絶対に許さない。なんとしてでも、正直に全てを話してもらう。

とにかく、やるべきことは決まった。いつまでもこの場に留まり続けていると魔物の餌食になるだけなので、先に進むとしよう。

これからの行動を決めた僕は早速大鎌の柄を肩に担ぎ、青い花々で覆いつくされた平野を進んだ。道なき道は何処までも続いており、一向に変化の見られない風景を眺めていると自分が前に進んでいるのかすら疑わしくなってくる。いつまで歩けば違う景色が見られるようになるんだと、苛立ちさえも募り始める。

道中、歩く僕を見つける魔物に幾度となく襲撃されたが、その全てを返り討ちにした。僕に傷を負わせる個体は皆無だったものの、やはり強くなっている。これまでに戦ってきた魔物よりも明らかに。交戦を何度も繰り返しているうちに、疑念は確信へと変わっていった。

そして、どれくらい歩いたのかわからなくなってきた頃。

「お?」

前方に見えた物に、僕は一度足を止めた。

台座だ。周囲に咲く青い花々とは対照的な血のように赤い石で造られた台座であり、その中央には一本の剣が突き立てられている。直剣だ。刃毀れのない銀色の剣身をしており、柄頭には赤い宝石が埋め込まれている。その光景はまるで、英雄譚に登場する勇者だけが抜くことのできる伝説の剣のようだ。

銀の剣身には台座の四つ角に立つ細い石柱から伸びる鎖が巻き付けられており、厳重な封印が施されている。そして何より、僕が注目したのは――剣が切っ先で串刺しにしている、禍々しい黒い瘴気を放つ一冊の本だ。濃密で邪悪なマナを内包するそれは、一目見ただけで禁書であるとわかる。それと僕の間にはかなりの距離があるというのに、現時点でも僕の肌が粟立つ。どんな力を持つのかはわからないが、相当に危険な代物であることは確かだった。

あれが禁書であるならば、僕が調べないわけにはいかない。幸いにも、僕は禁書による呪いが効かない特異体質。危険な禁書であろうと、触れることができる。

台座に近付こう。と、僕が止めていた足を再び前に進めた――時。

「とても強いみたいだのう、坊や」

「――ッ！」

鼓膜を揺らした声に、僕は反射的に左へと大きく跳躍して大鎌を構えた。

「……誰だ」

警戒と敵意を剝き出しにした低い声で、僕はそこにいた人物に問いかけた。

天使族の女性だ。若く見える。白い髪を後ろで一括りに結んでおり、整った顔には不気味とすら言える微笑。左目には瞳孔が存在せず、病的なまでに白い肌には痛々しい亀裂が刻まれている。

……何処かで見たことがある気がする。

不思議な特徴を持つ彼女を注意深く観察している内に、僕は奇妙な既視感を覚えた。初めて会うはずなのに、何故か、何処かで会ったことがあるような気がしてならなかった。何年も前の昔ではない。本当に、ここ最近。

大鎌を構えつつ質問の答えを待つ。が、彼女はそれに応じることなく、台座に突き立てられた剣に近寄った。

「魔物が何百と減っておったから、何かと思って見に来てみれば……世にも珍しい黒い天使の坊やとは。しかも、美しい。我の魔物も中々の強さをしているのだが、奴らを雑兵のように蹴散らす……そんな戦士が現れたのは、この数百年で初めての出来事だ」

「貴女は何者だ」

先ほどの問いと求める答えは同じ問い。それに、彼女は白い歯を見せ笑い、答えた。

「この世界の創造主。王というのが最適だな」

「王、ね」

僕は目を細めた。

敵で間違いない。彼女は先ほど我の魔物と言っていた。それは彼女が魔物を使役している証拠であり、現実世界に魔物を放ち屋敷を襲っていたのは彼女の命令ということ。であれば、僕たちの関係性は敵以外にない。

魔物が封印されている、というルインの説明は嘘だった。そしてそれが嘘であるということは、そこに関連する全ての説明が嘘ということになる。失踪した者たちをこの世界に招いた理由も、死亡した理由も、全て。

この世界を統べる者であるならば、これらの真実をこの女性は知っているはず。その答えを求めたい気持ちはとても強い。が、探求心と好奇心を抑え込み、僕は先ほどから感じている既視感について尋ねた。

「……貴女は僕と何処かで会ったことがあるのか？　何故か、僕は貴女を知っている……いや、見たことがある気がするんだが」

「ない。お主のような特徴的な外見を持つ男、会っていたら忘れることはない。だが、お主が我の顔を知っている理由ならわかるぞ？」

「それは？」

「あの屋敷だ」

告げ、彼女は自分の顔に触れた。

「そこで見たのだろう。今の我が持つこの顔と、全く同じ顔をした女の肖像画を」

「――」

言われ、理解した。何故、僕が彼女の顔に見覚えがあるのか。

同じなのだ。エーデンベルム邸の廊下に飾られた、神隠しによって失踪した者たちの肖像画。そのうちの一枚――昨日、ルインが謝罪の言葉を口にした時に見ていた、あの絵の人物と。

同一人物であるとすれば、この女性は神隠しによって失踪した被害者？　それはあり得ない。幾らここが異空間であるとはいえ、悠久の時を生きることは不可能だ。どんな世界を魔法で創り出したとしても、神の定めた天命に逆らうことはできない。

けれど、眼前の彼女は数百年の時、とも言っていた。その言葉に嘘は感じなかった。彼女は本当に、それだけの長い年月を生きているのだろう。だがどうやって？　そして彼女は一体――？

「おい、ルイン」

不意に、女はこの場にいないはずの少女の名を呼んだ。

「お主はなぜ、この坊やをここに連れてきたのだ？」

「イレギュラーです、デボラ様」

問いに応じたのは、名を呼ばれたルインだった。

彼女は本当に幽霊のように何もない虚空から姿を現し、デボラという名を持つ彼女の傍に足をつけた。

「元々は、もう一人の魔導姫様をお連れする予定だったのですが……転移陣が発動する直前、彼と入れ替わってしまったのです」

「ほぉ、なるほどな」

納得した様子で頷き、デボラは少し残念そうな表情を作った。

「しかし、今の我が身が惜しいな。これ以上ないほど神秘的で上物な坊やの前に、朽ちかけた肉体で立ってしまっているとは……まぁいい。もう直、あの魔導姫の肉体を我が物にできるのだ。心身共に若返った後、楽しませてもらうとしよう」

「……おい、まさか」

戦慄した。

今、様々な情報が繋がった。神隠しによって失踪した少女と同じ顔、肖像画の前で謝るルイン、デボラが口にした肉体の強奪、数百年の生。

これだけの情報が出揃えば、誰であろうとこの結論に辿り着くことができる。身の毛もよだつ、悍ましい正解に。

こいつが、この女がやっていることは――。

「この世界に連れてきた者たちの肉体を奪って、生き永らえているのか」

「見ての通りだ、坊や」

自分の罅割れた肌を指先でなぞり、デボラはニヤっと笑った。

「我は死ぬのが大嫌いでなぁ。死から逃れるために、このルインが調達してきた娘の肉体に魂を移し替え、生き続けているのだ」

恐ろしい、目を背けたくなるような事実を口にするデボラの横で、ルインが下唇を噛み、何かを堪えていた。それはきっと、罪悪感だろう。自分が犯した罪に、胸を痛めているのだ。

神隠しの真相は、魔物の再封印によって命を落としたというものではない。

魔物を再封印してほしいという嘘を利用したルインによってこの世界に連れてこられた後、デボラによって肉体を強奪された。これが真実だ。

罪悪感に苦しんでいるルインの様子を見る限り、彼女自身は積極的に悪行に手を染めているというわけではなさそうだ。演技でもない。それはわかる。きっと、デボラに弱みを握られ無理矢理加担させられているのだろう。

どうであれ、認められない。万物に与えられる死から逃れるという身勝手極まりないデポラの悪行は、ここで食い止めなければならない。次の標的はシスレだ。大切な友人を失うわけにはいかない。

こいつは、この魔女は、僕がここで殺す。

「我を殺すつもりか」

僕の濃密な殺気を感じとったらしい。デポラが愉快そうに笑った。

「まぁ、お主がそうするのは当然か。何せ、次に我の魂の器となるのはお主と関わりの深い者。躍起になるのも無理はない。だがな？　我を殺せば、お主はこの世界から出る術を失うぞ？　現実の世界に帰るためには管理者である我が命じるか、外部から函の鍵を開けるしかない。後者は不可能だ。数百年間、誰も解くことができていないのだからな。いや、それ以前に――この魔物の数だぞ？」

デポラが言い、僕は周囲を見回した。

魔物に取り囲まれている。一体いつ出現したのか、夥しい数の魔物が僕を取り囲んでおり、襲撃の許可が下りるのを今か今かと待ち侘びている。その数はザッと千を超えるだろう。降り注ぐ殺気に、僕は内に宿る闘争心が高まるのを実感した。

「幾らお主が強いと言っても、流石にこの数を一人で相手にすることはできまい。食い殺されるのみだ。だが、我としてもそれは惜しい。潔く降参せい。そうすれば、魔導姫の肉体を手に入れた後、存分に可愛がって――」

「死刑だ」

遮り、僕は大鎌を彼女に向ける。

デボラは首を傾げた。

「……突然、何だ？」

「僕の殺すって意思は、チンピラが感情任せに吐く戯言とは違う。宣告なんだ。確定した未来。死神である僕が下した――裁定だ」

デボラは完全に僕を舐めている。自分が従える魔物に絶対の自信を持っており、たった一人で何ができるのだと、僕が負けると確信している。

気に食わない。すぐにその余裕を崩してやる。自らが働いた悪行の罪を償わせてやる。

恐れている死を与えてやる。なに、すぐに殺しはしない。シスレの居場所も聞き出さないといけないから。でも……僕の質問に素直に答えるようになるくらいには、痛めつける。

「ルイン。君の話はあとで聞くよ。今度は嘘を吐いたら駄目だからね？」

「――っ」

ルインの頬に涙が伝った。

その雫にはどんな意味が、どんな感情が籠められていたのか。それを考える必要はない。

あとで聞けばいいのだ。魔物を殲滅し、デボラを従順にさせた時に。

さぁ、やろう。

僕は魔物共が放つ威圧感に負けないほどの殺気を全身から放ち――。

「――蹂躙だ」

駆けだした。

パリン――ッ！

間近で響いたガラスが割れるような音に、私は微かに眉を顰めた。

これはまずいかもしれない。久しく感じていなかった危機感に心拍数が上昇し、額から滲んだ嫌な汗が頬を伝う。

不完全で歪なこの世界に転送されてから、どれだけの時間が経過したのかはわからない。一時間か、二時間か。体感ではより多くの時間が経過しているように思えるけれど、体感時間と実際に流れた時間は必ずしも等しいわけではないので、正確なことはわからない。

現時点で確信が持てることはただ一つだけ。もう直、私が限界を迎えるということのみだ。

今、私の周囲には無数の魔物が群がっている。悍ましい外見をした彼らは私の命を奪おうと濃密な殺気を放っており、怒り狂うかのように私が展開した防御結界を攻撃し続けている。牙や爪、拳、はては棍棒などの武器まで用いて、全方向から結界の破壊作業に取り組んでいるのだ。

先ほどの音は幾つも展開した結界の一枚が破られた音。このペースのまま攻撃が続けば、近い内に全ての結界が破られてしまう。そうなれば、私は殺されてしまう。

思わず、悔しさに歯噛みする。

曲がりなりにも私は魔導姫だ。しかも、守りに特化した魔法を操る守護の魔導姫。本来ならこんな魔物たちに結界を破られることなんてあり得ないのだけど……。

忌々しい。無意識の内に舌打ちし、私は自分の足元を見下ろした。正確には——両足を繋いでいる、銀色の鎖を。

本来の実力を発揮することができない原因はこれだ。この鎖はどうやら魔道具のようで、装着した対象の魔法使用を阻害する効果を持っているらしい。頑強で取り外すことも、強引に破壊することもできない。これさえなければこんな奴ら、とはもう何度も思った。

本当に、死ぬかもしれない。

鎖を外すことができれば勝機は見えてくるけれど、それは現実的ではない。現状は展開している防御結界を維持するだけで精一杯。新たな結界を構築することも難しく、反撃なんて考えることもできない。

唯一、希望があるとすれば――。

「ヴィル様……」

この場にはいない、しかしこの世界に来ているはずの少年。私が知る中で最も強い戦士である彼が私を見つけてくれれば、即座に魔物を蹴散らし、この場から私を救い出してくれるに違いない。

勿論（もちろん）、わかっている。可能性は低い。広大なこの世界で何の手掛かりもなく、結界が破られるよりも前に私を見つけるなんて現実的ではない。

それでも、期待してしまう。彼ならば、私の望みを叶（かな）えてくれるのではないか、と。

ヴィル様、どうか――。

新たに結界に亀裂が生まれる音を聞きながら、私は両手を合わせて彼に祈った。

ざった声だった。

魔物の肉が千切れ飛び、血飛沫が散る音に混じって聞こえてきたのは驚愕と疑念の混
「馬鹿な……」

「ありえん……何故、何故殺すことができんのだ」

「……」

僕は大鎌を振るう手を止めることなく視線だけを赤い台座に向ける。そこにいたのは、先ほどの声の主であるデポラだ。彼女は台座の中央に突き立てられた剣の傍で立ち尽くしたまま、一撃も浴びることなく魔物を蹂躙している僕を見て唖然とした表情を浮かべている。目に映る現実を受け入れることができない様子で。

甘いんだよ、色々と。

胸中で吐き捨て、僕は思惑が外れ動揺しているデポラを見てニヤリと口角を上げた。

「強くなったと思っていたけど……思い違いだったかな」

地面を這って迫った蛇のような魔物の頭を踏み潰し、牛の頭部を持つ剛腕の魔物を縦に両断しながら、僕はポツリと呟いた。

弱い。

先ほどから僕が斬り捨てている魔物は皆、ここに来る道中に対峙した魔物よりも各段に弱く思える。攻撃のタイミングや軌道、狙いは簡単に予測することができる上に、僕の攻撃には全くと言っていいほどに反応せず、大鎌の餌食となり両断されるだけ。命の奪い合いをしているという感覚はまるでない。戦いというよりも、作業と表現したほうがいい。邪魔で有害な魔物を一方的に駆除している、駆除人の気分。退屈で、あまり面白みはない。

数秒が経過するごとに魔物の死骸は増えていく。このペースを維持できれば、残り数分足らずで全ての魔物の駆除を終えるだろう。

「お、のれ――ッ！」

自分の手駒が一方的に蹂躙される光景に癇癪を起こしたのか、声を荒らげたデポラはマナの瘴気に覆われた両手を前に突き出した。直後、彼女の周囲に小さな魔法陣が出現。青い光を放ちゆっくりと回転するそれの中央から赤い光を纏った鎖が射出され、それは一直線に僕へと迫った。

鎖という時点で、デポラの目的は容易に察することができる。僕の自由を奪うことだろう。身動きの取れない状態にしてしまえば確実に勝てると考えたに違いない。これ以上、自分の手駒を減らさずに済むと。

勿論、僕は素直に拘束されてあげるつもりなんてないけれど。

大鎌を横に一閃し、周辺にいた魔物を全て斬り伏せた僕は身を捻り飛来した鎖を躱した後、それを力強く掴み——強引に噛み砕いた。

「!? 冗談だろう——」

「冗談なわけないだろ」

僕は口内に残る鎖の破片を地面に吐き捨て、マナの粒子となって消えていくそれを踏みつけた。

この鎖は本物の金属ではなく、マナによって造られた魔法の鎖だ。であれば、マナによる事象を打ち消す特異体質を持つ僕が壊せない道理はない。どんな凶悪な魔法が付与されていようと、強度を上げていようと、僕が触れれば問答無用で塵と化す。

こんなものでは僕を拘束することはできず、それどころか、掠り傷の一つも負わせることはできない。どうやらデポラは魔法を主として戦うようだが……生粋の魔法師であればあるほど、僕に勝つことは難しくなる。彼女に勝ち目はない。

それを理解したのか、デポラは先ほどにも増して動揺した。恐怖からか、微かに肩を震わせている。

即座に、僕は膝を僅かに屈めた。

これは好機だ。敵が冷静さを欠いている今が、攻撃の最大のチャンス。これを逃すわけにはいかない。手心など加えず、全力で削りに行く。

迷うことなく判断した僕は進行方向を塞いでいた数体の魔物を瞬時に斬り伏せ、全力で大地を蹴り、一気にデポラとの距離を詰めた。咲き誇る花を踏み躙り、赤い台座に飛び上がり、勢いを殺すことなく標的に接近。そして——手加減など一切せず、大鎌の石突を彼女の鳩尾に突き刺した。

急所を突かれたデポラの表情は一瞬で苦悶に染まり、その衝撃に呼吸を停止させ後方に大きく吹き飛んだ。大地に咲く青い花々の上を転がり、鳩尾を押さえて苦痛に喘ぐ。口の端からは血が伝い、玉の雫となって滴り落ちた。

壊れかけの肉体とはいえ、痛覚は機能しているみたいだ。

無人の台座から飛び降りた僕は必死に身体を起こそうとしているデポラを観察し、得られた情報に頷きを一つ。大きな情報だ。痛覚の有無によって、これからの行動が変わってくるから。

デポラの下に歩み寄り、僕は彼女の首に大鎌の刃を当てた。

「ぐ——っ」

「騒ぐと首を落とす」

警告し、僕は冷たい声音で言った。

「殲滅完了ではないけれど、貴女の魔物はほとんど殺した。残っている個体が僕を攻撃するよりも、僕が貴女の首を斬り落とすほうが圧倒的に早い。それが理解できるなら、これ以上の抵抗はやめて、僕の質問に答えるんだ。シスレは今、何処にいる」

「……良いのか」

喀血し、掠れた声を震わせたデボラは僕を睨みつけた。

「首を落とすと言っているが、我を殺せばお主はこの世界から出る術を失うことになるのだぞ。これから先、寿命が尽きるまで、この何もない世界に取り残され――」

「外にいるのは叡智の魔導姫だ」

遮り、僕は続けた。

「彼女は知恵と知識を司る魔導羅針盤を持っている。当人も魔導羅針盤に選ばれるだけの知恵者だ。これまで誰も解くことができていないとか、絶対に解読できないとか、そんな言葉は彼女には通用しない。この函だって、開けられるのは時間の問題だよ。彼女に解けない問題はないんだから」

「……っ」

「僕に脅しは通じない。だから、早く吐きなよ。シスレの居場所を」

「言わない、としたら？」

「その時は貴女の身体を刻むまでだ。幸い痛覚は生きているみたいだし……貴女が情報を吐きたくなるまで、拷問する」

手心は加えないと決めたのだ。手段は選んでいられない。

デボラの身体を刻むことに抵抗もない。誰かを傷つけることを恐れていたら守護者なんて……死神なんて務まらない。自分の心を殺すことなんて、容易い。

僕の眼差しから本気を感じたのだろう。デボラは悔しそうに顔を顰め……観念したように項垂れ、力なく指を鳴らした。

現れたのは、水玉。位置はデボラの少し後ろで、見上げなければ頂点が視界に収まらないほどの巨大さだ。召喚された時の衝撃で微かに波打つそれの表面には、ここではない別の場所が映し出されている。青い花々、紫色の空、そして——無数の凶暴な魔物に包囲されているシスレ。彼女は幾重にも展開した防御結界の内部に留まっており、その表情はとても苦しそう。

原因は恐らく、彼女の両足にかけられている足枷と鎖だ。あれだけの魔物に囲まれているというのに最低限の防御結界しか発動していないということは、それが今の彼女にできる最大限の魔法なのだろう。とすれば、あの鎖に付与されている効果は対象の魔法を封じる、というものか。でなければ、魔導姫であるシスレが苦戦するはずがない。

一刻も早く彼女の下に駆け付けないと。

焦燥感に駆られながら、僕はデボラを問い質した。

「早く教えろ。この水玉に映っている場所は何処だ！」

「それは言えん……いや、見栄は張らんほうが良さそうだな。我にもわからん」

「は？　そんなわけがないだろう」

僕は怒気を孕んだ口調で言った。

この世界の支配者はデポラだ。管理者である彼女がシスレの居場所を知らないはずがない。嘘を言うな。

だが僕の主張に、デポラは鼻を鳴らした。

「この世界は広大だ。お主が思っている以上にな。我は魔物の支配に力の大部分を割いていることもあり、世界の全てを把握することは不可能なのだ」

「じゃあ、この水玉に映っているものは何なんだ」

「魔物の一体が見ている景色を共有している。この場所は、今から探知する必要がある……それなりの時間が必要になるが」

噛み合わせた白い歯を見せ、デポラは嘲笑した。

「今からではもう間に合わんぞ？　お主があの魔導姫の下に辿り着いた時には既に、奴は魂の抜け殻になっておる。いや、その時には既に我の器となっているであろう！」

「……」

わかりやすい挑発には乗らず、感情を乱すこともなく、僕は水玉を見つめたまま考える。

シスレの限界は近い。一刻も早く彼女の下に駆け付けなければ、全ての防御結界を破られ魔物たちに命を奪われてしまう。時間がない。できることなら今すぐに彼女の下に向かいたいところなのだが……デポラは情報を吐く気がないらしい。本当に知らないのか、はたまた嘘を吐いているのか、その判別は難しい。

かといって、手当たり次第に探すのはあまりにも無謀。愚策が過ぎる。

仕方ない。デポラが嘘を吐いていると決め、脅した通り拷問して情報を吐かせよう。彼女の言葉は信用に値しない。時間を無駄にするだけの可能性もあるが、時には賭けに出ることも必要だ。この賭けに勝てるかどうかで、シスレの命運は――。

「――ッ！　クソ――ッ!!」

濃密な殺気と巨大な気配。

背後に感じたそれらに僕は迷うことなくその場から飛び退き、大鎌を構えた。現れたのは、蝶とも蛾とも形容することのできる巨大な魔獣だった。鋼のように硬質な外骨格を持つそれは半透明な四枚の羽をゆっくりと上下に動かすことで風を起こしており、周囲の花々を揺らしている。殺気、威圧感、風格、全てにおいてこれまでの個体を上回っている。僕でさえも、一筋縄ではいかないほど強い。見ているだけでそれがわかる。

「待ち侘びたぞ、我が従僕」

眼前の魔物を見て喜んだデポラはその背に乗り込み、歓喜の声を上げた。

「さぁ、行くぞ！　次は魔導姫の肉体と力だ。これまでにない最高の器が我を待っているッ！」

「行かせるか――ッ！」

僕はすぐに地を蹴った。

デポラの狙いはシンプルだ。僕の大鎌が届かない空に飛び立つことで安全を確保した後、この場を離脱して危機に陥っているシスレの下へ移動。そこで彼女の肉体と力を奪い、より強力になった状態で僕と再戦する。今のままでは一方的にやられるだけだと悟っての判断だろう。

そんな思惑通りにはさせない。シスレの下には行かせない。幾らこの魔物が強かろうと、ここで食い止めてみせる。外骨格は硬質で、一撃で両断できる確信がない。ならば羽だ。飛行能力を奪ってさえしまえば――。

魔物が羽の上下運動を加速させ、巨体を僅かに宙へと浮かび上がらせた。しかし、届く。奴がここを飛び去るよりも前に、僕の大鎌が羽を斬り落とすほうが早い。

殺れる。

そう確信し、僕は無意識の内に口角を吊り上げた――が。

「待ってくださいッ！」

「ッ!?　ルイン――ッ！！！」

突然ルインが両腕を広げて僕の前に躍り出たため、僕は全力で足を止めて大鎌の軌道を変え、切っ先を地面に突き立てた。

「何して――」

「ごめんなさいッ！　でも、駄目なんです。今、あの方を殺されてしまったら……」

「はぁ？」

絶好であり最後のチャンスを逃すことになり、僕は苛立ちをルインにぶつけた。

どういうことだ。駄目ってなんだ。あの魔女が全ての元凶だろう。殺されると困るって、意味がわからない。殺しちゃいけない理由はなんだ。

幾つもの疑問を頭の中に浮かべながら、僕は空を見上げた。手遅れだ。既に魔物とデボラは大鎌の届かない位置にまで移動してしまった。斬撃を飛ばすことができれば墜落させることもできるが、今は魔法が使える状態ではない。

クソッ！

僕が感情に任せて足元を踏みつけると、ルインは『ごめんなさい』と再び謝り、次いで、頭上にいるデボラへ向けて叫んだ。

「これで貴女に捧げた器は九人目です、デボラ様ッ！　約束通り――ユーセルを蘇らせてくださいッ‼」

「蘇らせるだって？」

僕は地面に突き刺していた大鎌を引き抜き、目を細めた。

デボラはルインに死者の蘇生を約束していた、ということか。馬鹿な。不可能だ。死者を蘇らせる力を持つ者なんて、僕という例外を除いてこの世界には存在しない。神の定めたルールに背くような魔法は、それこそ『神が創りし羅針盤』以外にはあり得ない。

何故、そんな約束を……。

「蘇生、ね」

ルインの頼みにデポラは心底どうでも良さそうに言い、ふと、魔物の背を叩いた。

それは合図だったらしい。背を叩かれた途端、魔物は口から伸びる口吻を鞭のように操り、ルイン目掛けて勢いよく振るった。柔軟性はあるものの、十分な強度と硬度を持つそれが直撃すればただでは済まない。

硬直し回避行動を取ることができないルインを守るため、僕は咄嗟に彼女の肩を抱き寄せ、迫る口吻を切断した。

「……何のつもりだ？」

後方に落下する切断された口吻を肩越しに見やり呟くと、頭上からデポラの怒声が響き渡った。

「生意気なことを言うな小娘がッ！」

「……っ」

萎縮したルインは肩を震わせ、そんな彼女に、デポラは怒りの形相で続ける。

「奴隷の分際で主に命令するとは、身の程を弁えろッ！　貴様との契約は終わっていない。

これからも終わらない。自らの願いを叶えたいというのであれば――あの少年との再会を望むのならば、黙って我に従い働けッ！」

その怒声を最後に、デポラと魔物は肉体をマナの粒子へと変化させ、跡形もなく姿を消した。まだ近くにいるのではないか、マナを辿っていけば追跡ができるのではないか。

そう考えた僕は自分の周囲を注意深く見回してみるが、残念ながら何も見つけることはできず。

奴はシスレの下に向かった。それだけが、僕の手元にある確かな情報と手掛かりだった。

「……私が」

地面に両膝をつき、ペタンと座りこんだルインが喉奥から絞り出した声を上げた。

「私が、全て悪いんです。ユーセルを蘇らせたいと願い、あの魔女と契約を結んでしまったことが……全て間違いでした」

「その契約というのは？」

僕がルインの前で膝を折ると、彼女はグッと拳を握り固めた。

「デポラ様……デポラがユーセルを復活させる代わりに、私は九回に亘って若く健康的な乙女を彼女に献上する、というものです。この契約は、ユーセルが死亡した直後に結びました」

「……あの水晶に映っていた光景か」

話を聞いた僕が思い出したのは、現実の世界で魔物の女が僕に見せた三角錐の水晶に映し出されていたもの。血に濡れて倒れるユーセル、そして彼の隣で何やら話をする老人女性とルイン。今とは随分容姿が異なるが、あの老人女性がデボラだったのだろう。元々の奴の姿、老いた最初の肉体。あれが契約の場面だったに違いない。

確実に、ルインは気が動転していたのだろう。大切な友を、想い人を失ったショックで正常な判断をすることができなくなっており、そんな状態でユーセルの復活というあまりにも魅力的な提案をされたことで、契約を結んでしまったのだ。デボラとしてはそれが狙いだったはず。冷静さを失っているうちに、自分に有利な契約を締結してしまおうという魂胆だったのだろう。

心底屑だな、奴は。反吐が出る。

「契約を結んですぐに、デボラは私の魂を偶像証記に、そしてユーセルの遺体をあの台座に刺さる剣が貫いている禁書——呪牢封書に封印しました。私は、長い時を生き契約を守らせるために。ユーセルは……魔物を使役するための供物として」

「供物？」

「呪牢封書に宿る力なんです」

ルインは赤い台座を見て、続けた。

「あの禁書は魔物を封じるものではなく、反対に魔物を生み出す禁書なんです。その力を発動するためには遺体が必要になる。禁書は遺体を捧げた者を主として認め、生み出した魔物を使役する力を与えます。それに加えて――供物として捧げた遺体を魔物として生まれ変わらせる、ということもできるそうです」

「デポラが言っている蘇りというのは、そういうことか」

納得し、僕は侮蔑と嫌悪に顔を顰めた。

契約の内容に、元の姿のままという文言は含まれていないのだろう。あくまでも復活。姿や本質は問わない、ということだ。

汚い。実に汚い。そんなの、嘘を言っているのと同じではないか。

「それらの事実を知ったのは私が三人目の乙女をデポラに捧げた時でした。あの時は絶望して、死にたくなりましたけど……呪いとも言える契約は破棄することができず。結局そのまま、乙女たちを連れてくるしかなかったんです。罪の意識に押し潰されそうになり、耐えられない時は偶像証記に自分の気持ちを書き殴って。偶像証記の中身はデポラに検閲されていましたが、乙女たちに対する謝罪程度では罰を受けることもありませんでした」

ポロポロとルインの両目から零れ落ちた涙が、彼女の手の甲に落ちた。

「辛かった。今も辛いです。乙女たちに……直系ではないけれど、同じ血の流れる子孫たちに嘘を吐いて、騙して、捧げものとしてここに連れてくることが。その度に胸が痛んで、苦しくなって。でもやめることはできず……私は、希望に縋りました。自分の願いに心を寄せた。いつか契約が果たされて、復活したユーセルに再会できることを想像して――」

「違うだろう」

遮り、僕はルインの肩に手を置いた。

「君の願いは、ユーセルと再会することじゃない。いや、それもあるのかもしれないけど……一番の願いは、再会の先にある」

「……なんで、そんなことが」

「見たよ。君が暗号として禁書に記した、願いの文言を」

偶像証記に記されていた暗号は、クムラがすぐに解いてしまった。

彼女から教えられた時は、どうしてそんな言葉が記されていたのか全くわからなかった。隠された意味でもあるのではないかと、クムラですら疑い解読に奔走した。けど、今なら理解できる。あの言葉に隠された意味なんてものは存在しない。本当に、願いをそのまま記しただけなのだ。デポラの検閲によって発見され、罰を受ける危険も顧みずに記した、願った理由が。

それを記した時のルインの気持ちに同情を示しつつ、僕は告げた。

彼女の願いを。

「君は――誰かに自分を殺してほしいんだろう」

それに対し、ルインは何も言わなかった。

——どうか、私たちを殺してくれる人が現れますように。

禁書に記されていた願いの文言にこれ以上の意味はない。ルインはそう願っているから。自分の罪をこれ以上重ねたくなくて、胸を締め付ける苦しみから解放されたくて、子供たちの未来を奪いたくなくて。

ルインが僕を運命の相手と言った本当の理由は、僕ならば自分を——自分たちを殺してくれると思ったからだ。

事実、僕には彼女の願望を叶える力がある。死を司る羅針盤を持つ僕ならば、確実に彼女たちを冥府に誘うことができる。送り届けることができる。

それを叶えてあげるのは吝かではない。けど、僕にはその前にやることがある。どうしても、やらなくてはいけないことが。

ここからは交渉だ。僕はルインの目を真っ直ぐに見つめ、彼女に言った。

「ルイン。僕はどうしても、シスレの下に行かなければいけない。彼女のことを助け出さなくてはならない。だから、教えてくれ。シスレの居場所を。彼女をこの世界に連れてきた君なら知っているはずだろう」

「それは——」

「勿論、ただとは言わない。代わりに僕は君の願いを叶えてあげる。これは、交渉だ」

僕は自分の右手をルインに差し出し、続きを口にした。

「約束する。僕は全ての魔物とデポラを殺して、君とユーセルをあの世に送ってあげる。代わりに、シスレの居場所を教えてくれ。この契約は必ず守る。守れなかった場合、僕はこの大鎌で自分の首を斬り落とすよ」

決意と覚悟を視線と言葉に宿し、訴える。これは嘘じゃない。絶対に破らない。だから、頼む。

「……」

僕の言葉が偽りではないと判断してくれたらしい。ルインは僕が差し出した右手を握り返した後、デポラがこの場に残した巨大な水玉を指さした。

なるほど、そういうことか。それだけで十分だよ。

握手を解いて立ち上がり、僕は示された水玉に歩み寄った。

「先入観に囚われていた……ってことかな」

その考えに至ることができなかった原因を呟き、僕は大鎌を上段に構える。

見過ぎたのだ、色々なところで。水晶などの魔道具は表面に別の場所を映し出す。その固定観念が頭に定着していたため、気づくことができなかった。

この水玉は別の場所ではなく、水玉の内側を映し出していた。そんな単純なことがわからなかった自分に、僕は呆れてしまった。

でも、これで居場所はわかった。あとのやることは——決まっている。

「楽しみだよ、デボラ。貴女の首を刎ねる時が——今から待ち遠しい」

呟き、僕は構えた大鎌を勢いよく振り下ろした。

「ふむ。残りの結界は一枚、ですか……」

結界の内側に留まり続けていた私は、胸の前で両手を組みながら周囲を見回し呟いた。

当初は幾重にも重ねて発動していた防御結界も時間の経過に比例して枚数を減らし、残りは一枚のみとなった。度重なる魔物の攻撃により、ほとんどが割り砕かれてしまった。

今の私には新たな防御結界を構築し維持する余裕がなく、最後の一枚を砕かれれば、私は殺されてしまう。そうなった時、私はどんな殺され方をするのだろう。一撃で頭を砕かれて苦痛なく死ねるのか、はたまた腹を食い破られ長時間の苦痛を味わいながら息絶える時を待つことになるのか。自分の死に方にはとても興味がある。実際に経験したいとは思わないけれど。

これが正真正銘、最後の防御結界だ。これも恐らく、近い内に破られる。今の私は冗談抜きで命の危機に瀕している。

そうだというのに……何故だろうか。

私は全く死ぬ気がしなかった。根拠はないし、理由も説明できない。けれどなんとなく、私はここから生還するだろうと思っている。うん、そうだ。そんな気がする。そう確信している——と。

「まだ生きておったか、我が器よ」

「？……貴女は」

頭上から聞こえた声に顔を上げると、そこには昆虫のような姿をした魔物と、その背に乗る一人の女性がいた。色の抜けた髪と露出した肌に見える葉脈状の亀裂が特徴的な、不思議な女性。

彼女は一体何者なのかと一瞬首を傾げたが、それは無駄なことだと私はすぐに思考を捨てた。

魔物に乗り、また魔物に全く襲われていない時点で、敵であることは確定だ。彼女は私たちが倒すべき相手。それさえわかれば、それ以上の情報はいらない。

私は彼女に、敵意を宿した視線を向けた。

「器、と言いましたか。それは私のことで？」

「その通りだ！　我はお主の肉体、そして力を奪い、完全な状態になる。そしてもう一度あの小僧と相まみえ……我に苦痛を与えたことを後悔させてやるのだッ！」

「そうですか」

冷ややかに告げる。

なるほど、どうやら彼女は既にヴィル様と相対し、痛い目に遭ったらしい。そして、その復讐に燃えている、と。

馬鹿じゃないのか。私は素直にそう思った。

生半可な気持ちで彼に挑めば返り討ちに遭うのは目に見えていることだ。彼はブリューゲル王国の誰よりも強い。魔導姫である私ですら、勝負になれば敵わないだろう。

ヴィル様に勝つために私の身体を奪うとか、後悔させるとか、色々なことを言っているけれど……彼女が口にしたそれらの願望が叶うことはないだろう。全て、夢物語で終わってしまう。

たった今、運命はそう決まった。

「残念ながら、貴女は何も為すことができませんよ」

「は？」

「何故なら――」

口角を上げた私は結界の外側を見やり――ピシッ。

そんな音と共に大気に生まれた亀裂を見て、告げた。

「――死神様のお迎えが来たようですので」

「な――」

大気に――世界に生まれた崩壊の前兆。それを目の当たりにした彼女は絶句し、見開いた目でそれを注視し続ける。

やっぱり、信じて良かった。

言葉を失う彼女とは反対に私は安堵(あんど)の息を吐き、肩の力を抜いて展開していた最後の防御結界を消滅させた。途端、行く手を阻む邪魔な障害物が消えた、と魔物たちは一斉に私へと襲いかかる。牙や爪など、各々の武器で私の命を散らそうと殺意を剝(む)き出(だ)しにして。

けれど、私は動じない。回避行動を取らない。そんなことをしなくても、敵の攻撃が届くことはないとわかっているから。

だって――。

「遅くなったね、シスレ」

心が安らぐ、想(おも)い人(びと)の声。それが私の鼓膜を優しく叩(たた)いた瞬間、こちらに迫っていた魔物たちが次々と絶命した。頑強な肉体を二つに分かたれ、滑らかな切断面を晒(さら)して。

流石(さすが)の強さ。制限付きだったとはいえ、魔導姫である私の防御結界を破壊する強さを持つ魔物たちを、こうも容易(たやす)く倒すだなんて。

十数秒足らずで全滅し、死骸となって地に伏した魔物たちに同情すらしながら、私は眼前に立つ少年に歩み寄り――自分の体重を彼に預けた。

「待ちくたびれましたよ、ヴィル様」

「ごめんね。でも、怪我がないようで安心したよ」

遠慮なく寄り掛かる私を受け止め支えながら、ヴィル様は私以上に安堵した表情でそう言った。

疲れと安堵の見える表情を浮かべてこちらに寄り掛かるシスレを支えながら、僕は周囲に転がる魔物の死骸に目を向けた。

あまりにも数が多い。切断面から溢れ出た不気味な体液を地面に注ぐそれらの数は、簡単に数えただけでも百を超える。あの水玉も巨大ではあったが、これだけの数の魔物を内側に収めるほどの大きさではなかった。魔物は巨体のものも多く、無理に押し込んだとしても精々二十体が限界だろう。それ以上は、確実に溢れ出てしまう。

限界を超えた数の魔物が内側に収まり、尚且つ暴れ回ることができていた。

ということはつまり――あの水玉の中には、別の世界が創られていたということだろう。今、僕たちが留まっているこの世界を創り出した小世創函と同じように。

シスレはずっと近くにいたのだ。そのことにもっと早く気が付ければよかったのだけど

……まぁ、こうして無事にシスレを助け出すことができたので、良しとしよう。最悪の事態を回避できただけで十分だ。

シスレに怪我がないことを目視で確認した僕は一度彼女から身を離し、大鎌を振るい白く細い両足を繋ぎ止めている鎖を断ち切った。切断されたそれは花の上に落ちた後、マナの粒子となって消失。それを見届けたシスレは右手を持ち上げ、掌の上に光の立方体を作り出した。

「マナの流れが正常に戻りました。もう、魔法を使うことができますね。今なら強力な防御結界を何枚でも展開できそうです」

「やっぱり、魔法封じの力を持った鎖だったか。大変な目に遭ったね」

「えぇ。ただ、あの鎖のおかげでヴィル様に助けていただくという、国中の乙女が夢見る体験ができましたので、密かに感謝もしています」

「逞しいことで……」

反応に困る返しに言葉を濁しつつ、軽口が叩けるなら疲労は大丈夫そうだな、と話を進めることにした。

「シスレ。疲れているだろうけど、まだゆっくり休むことはできないんだ。今回の一件はまだ終わっていない。寧ろ、これからが山場になる」

「クライマックスがこれからやってくる、ということですね」

「その認識で相違ない。一番大変な戦いがやってくるわけだけど……安心してくれ。こうして僕と君が揃った――完全な状態の死神と魔導姫がいる以上、どんな敵であろうと確実に討ち果たすことができるからね」

「完全……ヴィル様、それはまさか――」

シスレが僕の言葉の意味を理解した、その時。

「あ、あの……」

「！　ルイン」

躊躇いがちに声をかけたルインに気が付き、シスレは彼女に身体の正面を向けた。

何か、ルインはシスレに話すことがあるのだろう。そう思った僕は配慮し、彼女たちの会話が終わる時まで口を閉じることにした……のだが、いつまで経ってもルインは口を開かず、その場で立ち止まったまま不安そうにシスレを見つめている。対するシスレも無言のままルインを見つめ返しており、段々と空気が張り詰めていくのを実感した。

気まずい。ギクシャクした二人の傍にいるのは精神的に辛いものがある。とにかく居心地が悪い。僕が間に入り、助け舟を出したほうがいいのだろうか。

視線を衝突させたまま硬直している二人を交互に見ながらそんなことを考えるが、結果的に、それは不要なものとなった。

シスレが表情を柔らかくし、結んでいた口を開いたから。

「安心してください、ルイン。私は怒っていませんから」

「え」

「勿論言いたいことは沢山あります。その中でも、貴女への文句はかなり多い」

言いながら僕の下を離れたシスレはルインへと歩み寄り、彼女の身体を優しく抱きしめた。

「でも、たとえ私に嘘を吐いていたとしても、騙していたとしても、それには理由があるのでしょう？　そうしなくてはならなかった事情が」

「シ、スレ様……」

「お姉様、ですよ」

呼称を訂正させ、シスレはルインの髪をそっと撫でつけた。

「許します、ルイン。私はまだ、貴女が抱える事情の全てを知っているわけではないので、嘘を吐いた理由もわかっていませんけど……妹の過ちは笑って許してあげるのが、姉というものですからね」

「……ッ、ごめん、なさい――」

シスレの許しに、ルインは涙を堪えながら謝罪した。

一度だけではなく何度も姉と呼んだシスレの肩に顔を押し当て、背中に回した細い両腕で力いっぱい抱きしめる。

泣きじゃくるルインを――妹を、シスレは広い心で受け止め、慰める。何度も、何度も。優しい手つきで可愛い妹の背中を撫で続ける。そんな二人の様子は、本物の姉妹のように見えた。

本物の姉妹にも負けない絆が感じられた――と。

「小娘が――ッ!!」

良い空気を破壊する無粋な怒声が響き渡り、僕は顔を顰めながら声が聞こえた方向を見た。

デボラだ。赤い台座の上に立つ彼女は声音と同じく怒りに染まった形相で僕たちを睨んでおり、興奮しているらしく、肩を上下に大きく揺らしていた。

「貴様だな、ルインッ！　小僧に器の居場所を教えたのは！　こんなことをして、我を裏切って、無事で済むとは思っていないだろうな――ッ!!」

「ひ――っ」

怒りの矛先を向けられたルインは怯えた声を上げ、そんな彼女を落ち着かせようと、シスレは『大丈夫です』と囁く。

デボラが怒るのは当然のことだろう。何せ、自分の計画を台無しにされた挙句、手駒に裏切られたのだ。激高するのは簡単に予想できたこと。

だがまぁ、彼女がどれだけ怒ったところで僕には全く響かない。迫力もなければ、怖くもない。デポラは既に僕の脅威ではない。ただの死にぞこないだ。先ほどの時点で僕のほうが圧倒的に強かったのに、その差はこれからさらに広がる。何処(どこ)をどう恐れればいいと言うのか。

　僕の余裕に苛立(いらだ)ちを増幅させたのか、デポラは悔しそうに歯噛(はが)みし――台座の中央に突き立てられた剣を一気に引き抜いた。

「腹立たしい。実に腹立たしい！　ユーセルを殺し、ルインに契約を結ばせた時から今まで、寸分の狂いもなく事は順調に進んでいたというのに……ッ！」

「ユーセルを、殺した？」

「ああ、そうだッ！」

呆然(ぼうぜん)と呟(つぶや)いたルインに、デポラは大声で叫んだ。

　真実を。

「ルイン！　貴様の大切なフィアンセを殺したのは、この我だッ！　貴様が我に従順な内は秘匿しておこうと思ったが……こんな裏切りを受けた以上、もう隠す必要はないなッ！　貴様は今後、最愛の男を殺した者と認識しながら我のために働くのだぞッ！」

「……っ」

　残酷な現実、信じたくない真実に、ルインは悲しみと悔しさに顔を顰めた。

　そんな彼女を見た僕の胸には一瞬、強い怒りが湧く。が、すぐに深呼吸をしてそれを鎮めた。

今、怒りは必要ない。それは邪魔な感情だ。必要なのは、冷静な思考と冷徹さだ。

何を言おうと、あれはもう長くない雑魚に過ぎない。好きに言わせておけばいい。今は調子に乗って叫んでいるが、その声はすぐに悲鳴に変わるのだから。

「で、秘密を暴露したってことは……僕たちに勝つ気で？」

剣を引き抜いた——即ち、呪牢封書の封印を解いた意味を理解し、僕は口角を僅かに上げて尋ねる。

と、僕と同じように、デポラはニヤリと笑った。

「負けることを前提に奥の手を出す馬鹿はおらんぞ、小僧。もう我の怒りは収まらん。貴様の、貴様らのせいだ。我の計画を壊し、願望の成就を邪魔したがために——ここに封印されている魔物が全て解き放たれることになったのだ！」

デポラは剣の切っ先から呪牢封書を引き抜き、濃密で危険な黒いマナを放出させ続けるそれを掲げた。

「この禁書の中には数万の魔物が封印されている。一体でも十分に強力な魔物をそれだけ現実世界に放てば、一体どれだけの被害が出るかもわかるまい。街や建物、作物に命。想像を遥かに超え、あらゆるものが失われることになる。これは貴様らの罪だ。貴様らが我に牙を剝かなければ、罪のない命が失われることも——」

「ははっ、くだらない脅しだね」

デポラの脅迫に、僕は嘲笑した。

「何か、魔物を解き放てば僕たちが降伏するみたいなことを考えているようだけど……そんな脅し、僕たちには無意味だよ？　どれだけの数がいようと、雑魚には変わりない。完全に魔法を振るうことができる僕たちの前では、敵にすらならない……ルイン」

僕はルインにお願いした。

「悪いけど、少しだけシスレから離れて目を瞑っていてほしい。流石に、間近で誰かに見られながらするのは抵抗があるからね」

「……は、はい」

これから僕がシスレに何をするのか。それはよくわかっていない様子だったが、ルインは素直に僕の指示に従い、シスレから離れて瞼を下ろした。

ありがとう、ルイン。

心の中で礼を告げた僕はこちらを向いたシスレに歩み寄り、珍しく緊張した面持ちの彼女の頬に触れた。

「シスレ」

「は、はい。覚悟は――」

「貰うよ」

君のファーストキス。

その言葉は伏せ、僕はシスレの唇に自分のそれを重ねた。

――ドクン。重ね合わせた唇の湿り気や柔らかさが伝わると同時に、心臓が大きく脈動した。炎が灯(とも)ったように胸が熱くなり、高揚感と全能感が全身を駆け巡る。薄く開いたシスレの瞳を見ると、そこには光り輝く六芒星(ろくぼうせい)が浮かび上がっていた。

それは、証(あかし)だ。彼女が持つ『神が創りし羅針盤』の真価、その封印が解かれた証明。

もう十分だ。

重ねていた唇を離した僕は、熱に浮かされたように頬を赤らめ恍惚(こうこつ)とした表情をしているシスレに言った。

「領護神盤(ウガナフ)の真価を使うのは初めてだと思うけど、君なら必ず使いこなせる。解き放たれた魔物たちは、任せるよ」

「ええ、お任せを。全てを守り切って見せますので」

確かな自信を宿した頼もしい表情でシスレが言った――その時、紫色の空が二つに割れ、白い光が差し込んだ。明るいそれは雲の隙間から伸びる陽光、天使の梯子(はしご)のように、地上を照らす。

変化した空を見上げ、僕は口元を綻ばせた。

クムラが成し遂げたらしい。難解極まりない函(はこ)の鍵を解き、僕たちを救い出してくれたようだ。信じた通りだったよ。やはり僕の相棒は頼りになる。その事実を再認識させられた。

「デボラ、一つ聞きたい」

視界が再び白く染まる中、自らを照らす天からの光を呆然と見つめていたデボラに、僕は不敵な笑みを浮かべ尋ねた。

「どうして貴女(あなた)は――僕たちを敵に回して無事でいられると思っていたんだ？」

問いに対する答えは聞こえない。

けれど、視界の全てが白く染まる前に見えた彼女の表情は――絶望と恐怖に染まっていた。

◇

「馬鹿馬鹿馬鹿馬鹿馬鹿ヴィルの大馬鹿浮気者おおおおおおおッ！」

白に染まった視界が晴れ、自分が元いた現実の世界に帰還したことを認識した直後、不満に染まったクムラの声が僕の鼓膜を激しく叩(たた)いた。

「私が必死になって函の鍵を開けている時に、ヴィルは思いっきり浮気をしていたなんて許せないッ！　私の心配と努力に対して誠心誠意の謝罪をッ！」

「助けてくれて本当にありがとう、ってお礼を言うべきところなんだろうけど……いきなり謝罪を求めるってどういうことだよ。ていうか、浮気ってなに。僕とクムラは恋人同士じゃないだろう」

「証拠は既にあがってるんだよ！」

僕の胸を割と強めに殴っていたクムラは勢いよく顔を上げ、涙で滲んだ目で僕の瞳を覗き込み、叫んだ。

「その瞳に浮かんだ六芒星！　ヴィルが魔法を使える状態になっているということはつまり魔導姫と――シスレとキスをしたってことじゃん！　濃厚で濃密で淫靡な体液交換をあの子と楽しんだ何よりの証拠だよ、それ！」

「変な言い方するのはやめてもらいたい」

発言を聞いた全員からの誤解を招きそうな言い回しをしたクムラに言い、僕は他の誰にも聞かれていないよな、と思わず周囲に視線を走らせた。幸いなことに、ここは広大な草原の中心。僕たち以外には誰もいなかった。

よかった。僕の社会的評価が暴落することはなさそうだ。

安堵の息を吐いた僕は不満に膨らんだクムラの頬に手を添え、彼女が求める説明を口にした。

「確かに僕はシスレとキスはしたけど、邪な気持ちは一切ないよ。これから起こる出来事に対処するために必要と判断したまでのこと。僕もシスレもお互いに、十全に魔法を振るえる状態でないといけない、ってね。嘘じゃない。そもそも僕は一度たりとも欲望に従ったキスをしたことはない」

「私とのキスも真剣じゃなかったって言いたいの!?」

「だから変な言い方するなって。必要と判断したキスしかしたことがないって言いたいんだよ、僕は！」

「だったら私にも今すぐキスしてよ！　絶対に必要！　函の解錠で疲弊した脳と身体(からだ)はヴィルのキスでないと癒せないから！」

「キスでしか癒せない疲労なんてないから却下。あとでちゃんとお礼はしてあげるから、文句を言わないでくれ」

「……私も真価を使えたほうがいいんじゃないの？」

「これから起こるのは力と力の衝突だ。だから、クムラの全知神盤(グリフ)が必要になることはない。というかもしものことを考えて、君とのキスは温存しておきたいし――」

「我儘(わがまま)を言ってはいけませんよ、クムラ様」

「むッ！」

　聞こえた声にクムラは宿敵を見つけたような表情を作り、そちらに顔を向ける。

　そこにいたのはシスレだ。彼女は僕と同じく六芒星を浮かび上がらせた瞳でクムラを見つめている。その顔に宿っているのは、圧倒的な勝利を収めたような笑み。

「嫉妬の気持ちは理解できますが、ヴィル様を困らせてはいけません。彼は必要があると判断し、私にキスをしてくださったのですから」

「ぇ――ッ!?……してもらったの、ヴィルから」

戦慄した様子で再び僕を見たクムラに、シスレは自分の唇に人差し指を当て、少し赤らめた頬のまま言った。

「有無を言わさず、少し強引な感じでしたが……素晴らしいファーストキスだったと思います。私は生涯、あのキスを忘れないでしょう」

「ず、ずるいずるいずるいッ！　私ですらまだヴィルから唇にキスしてもらったことないのに――」

「はい、二人ともそこまでね」

僕は手を叩き、二人の会話を中断させた。

話をしたい気持ちはよくわかる。下手をすれば永遠に閉じ込められていたかもしれない世界から生還したのだ。心を落ち着け、身体を休め、リラックスしながら話に花を咲かせたいのは僕も同じ。

だが、今はまだそれが許される時ではない。僕たちにはまだやらなくてはならないことが残っている。勝たなくてはならない戦いが。

二人が口を閉ざした後、僕は空を見上げた。

輝く月は存在せず、瞬く星も僅かに見えるだけ。夜空の主役たちを覆い隠しているのは、白や灰の雲ではない。魔物だ。空の大部分を占有しているのは、呪牢封書から解き放たれた異形の怪物の群れに他ならない。その数はデポラが言っていた通り、数万にも及ぶだろう。あの怪物が一体でも街に入れば、甚大な被害が出る。これほどの数であれば、国家の危機とすら言える。

本来であれば即座にあれらへの対処に動かなくてはならず、こんなところで油を売っていてはならない。僕たちの動きが遅れるほど、被害は拡大していく。それは考えるまでもなくわかることだ。

当初の僕はすぐに魔法を発動し、魔物の殲滅に乗り出そうとした。けれど逼迫した様子もなく、寧ろ余裕すら見せるクムラとシスレを見て、僕は行動を止めた。魔導姫である彼女たちが余裕を見せているということは――既に魔物の対策はできているということだから。

僕はシスレに尋ねる。

「魔物への対策は完了しているってことで、いいんだよね？」

「勿論です、ヴィル様」

僕の問いに頷きを返し、シスレは右の掌に可視化した緑色のマナに包まれた透明な球体を生み出し、それを浮遊させた。

「テプラ島全体、ケテラルの街、エーデンベルム邸。構築した防御結界でこれらを覆っています。結界は一枚ですが、通常時の何倍も頑強です。あの魔物たちではどれだけ束になって攻撃したとしても、傷の一つもつけられません」

「街や屋敷の無事を確保できた上に、あの魔物たちは一匹たりともこの島から出ることはできないということだね。上等」

シスレの素晴らしい働きに称賛の意を示し、僕はぐるんと右手の大鎌を一回転させ——その刃を黒から白に変色させた。これはどんな存在であろうと斬りつけた相手に確実な死を与える、絶死の刃。僕はこれを、あの魔物たちに振るい続ける。

クムラもシスレも十分な仕事をしてくれた。解読と救出、そして守護という、とても大きな役目を果たしてくれた。

ここから先は僕の出番だ。あの害獣共を蹴散らし、蹂躙（じゅうりん）し、この島に平穏を齎（もたら）す。たかだか数万だ。多いとは思うが、今の僕は『神が創りし羅針盤』の力を使うことができる状態。相手は全て雑魚に等しく、大した苦労では——。

「領護神盤（ウガナフ）——神罰騎士（レッセンテル）」

魔物に覆われた空を見上げていると、不意にシスレが魔法を唱えた。

なんだ。まだ何かするつもりなのか。彼女にはもう、やれることはないと思うのだけど。

訝しみつつ、僕は空から彼女へと視線を移し——傍にいたクムラと共に、驚いた。

騎士だ。シスレを取り囲むように、守護するように、巨大な馬に跨る巨人の戦士が無から現れた。限界まで見上げなければ顔が見えないほどの巨体。全身を鎧で覆う彼らの手には剣や槍、弓や槌などの武具が握られており、魔物など比較にもならない強者のオーラに僕は全身に力が籠った。

彼らは……。

佇む戦士を無言で見つめる中、クムラが言った。彼らの正体を。

「シスレの魔導羅針盤——領護神盤の真価は、領域を守護する者を召喚することってわけだ」

「その通りです、クムラ様」

領護神盤の魔法によって生み出された存在であると肯定したシスレは身体の向きを変え、出撃を待ち侘びている戦士たちに命じた。

「悪しき咎人を蹂躙しなさい。聖域を穢し踏み躙る不届き者に神罰を与えなさい。手心も情けも不要です。誇り高き勇者たちよ——忠誠を誓った神に、完全なる勝利を献上しなさいッ！」

勅命に従い、七人の騎士はすぐに動いた。

それぞれが持つ武具を構え、跨る相棒の馬を走らせ天を駆け、空を覆う魔物の殲滅を開始。殺されるものかと立ち向かう魔物を次々に叩き斬り、突き刺し、穿ち、戦いとすら呼ぶことができない一方的な蹂躙劇を繰り広げていく。

一騎当千の力を持つ彼らの敗北はありえない。彼らの——シスレの勝利は約束されたように思えた。

配下の戦いぶりを見届け、シスレは僕に言った。

「魔物の殲滅とクムラ様の護衛は私にお任せください。ヴィル様は——あちらに集中していただければと」

「……そうするよ。ありがとう、シスレ、クムラ」

その言葉に甘えることにした僕は頼れる二人の魔導姫にお礼を言い、大鎌の色を白から青へと変化させ、その場から駆け出した。

草花を踏みしめ、力強く大地を蹴り、目的の場所へと急ぐ。

シスレが魔物の掃討を引き受けてくれたのは、本当にありがたかった。負けることはないにせよ、僕があれら全ての相手をするとかなりの時間を失ってしまうことになる。

それは良くない。僕には空の有象無象共よりも優先的に刃を交えなくてはならない相手がいる。約束を、契約を、果たさなくてはならない相手が。

シスレには後でもう一度、感謝の言葉を送らないと。彼女のおかげで僕は、彼に集中することができる。

何の罪もない、罪深い王様に。

「ルイン」

走ること数分。

僕は正面に見えた少女の名を呼び――彼女に大鎌を振るった後、その隣で足を止めた。

斬りつけたルインに出血や負傷はない。それどころか、衣服の損傷も。その結果になるのは必然だ。何故なら今、この大鎌は相手を斬り刻む凶器ではない。僕が発動した魔法により、全く別の武具と化しているのだから。

斬られたことに気づく素振りも見せず、ルインは自分の前方に視線を固定し続ける。懐かしさや悲哀の入り混じった表情で。

こちらの言葉が聞こえているかもわからない彼女に、僕は告げた。

「安心して。彼との時間はちゃんと作ってあげるから」

「……」

返事のないルインの肩に手を置き、それをすぐに離し、僕は大鎌の柄を握る力を微かに強めて前に進む。

一呼吸置き、眼前に佇むそれに声をかけた。

「君が――ユーセルか」

返答はない。口を閉ざしたまま沈黙を貫くそれは身動ぎ一つせずにその場で佇んだまま、光を宿さない瞳で自分の足元を見つめているだけだった。

　外見は魔物と言って差し支えない。人の形はしているものの、露出した肌には黒い葉脈状の紋様が張り巡らされており、鱗に覆われた両手には強靭な鉤爪。側頭部、薄茶色をした髪の隙間から伸びる湾曲した黒い角の片側には冠。背中に携えた一対の巨大な羽。

　似た特徴を持つ悪魔族であっても、ここまで凶悪さが感じられる外見をしている者はいない。何も事情を知らない者が見れば、すぐに別人という判断を下すことだろう。

　けれど、僕は確信している。彼がユーセルその人であると。肖像画と同じ中性的な顔立ちや細身の体軀、右の手首に装着しているルインと同じ金色の鎖を模したブレスレット、そして――首から下がる、紐を通した金の指輪。それらの要素が、彼がユーセル本人であることを明確に示しているのだ。

　魔物の王となったユーセルに、僕は強い同情の念を抱いた。

　彼は被害者なのだ。自ら望んで王になったわけではなく、あの悪しき魔女が私欲と願望を満たすために、命を、肉体を、魂を、全てを利用された結果として戴冠することになった、哀れな少年。同情の念は、抱いて当然だろう。

　欲を言えば、再び命を与えてあげたい。

　奪われた平和で幸福な人生を謳歌させてあげたい。

　だが、それはできないことだ。死した者に新たな命を与え蘇らせる力は、この世界の何処にも存在しない。

　だからせめて……彼らが本来行くべき場所に送ってあげよう。苦痛のない安らかな死と共に、冥府へ誘うのだ。

　死神としての役割を、全うする。

「約束するよ、ユーセル。僕は君に、一瞬たりとも苦痛を与えないと誓う。まぁ、僕の言葉は聞こえていないと思うけどね」

　軽い口調で宣言した僕は僅かに膝を折り曲げ、全身の無駄な力を抜き――一気に大地を蹴り抜いた。

　ユーセルとの距離は遠くない。全力で走れば十秒足らずで辿り着くほどだ。

　そして僕の大鎌が彼に届く範囲に足を踏み入れることができれば、決着は一瞬でつく。それこそ、瞬きをするほどの刹那に。

　だが甘くないのが現実というものだ。

　最初の一歩を踏み出した直後、進行方向の地面から僕の接近を拒む強固な骨のバリケードが構築された。またユーセルを護衛する数十体の魔物の守護者が召喚され、主君であるユーセルを殺そうと迫る僕を返り討ちにしようと立ちはだかる。

　創られたその領域は、彼の王国だ。攻守を揃え、敵を待ち受ける堅牢な城。迂闊に領域内に立ち入れば容易に命を落とす。

正常な判断力を持つ者であれば、そんな場所に単身で乗り込むことはしない。

だけど僕はまともな判断力を持った上で、その危険な世界に突っ込んだ。頑強な骨のバリケードを叩き壊し、魔物の守護者を絶命させ、足を止めることなく、真っ直ぐ、真っ直ぐ、目標に向かって突き進んだ。

ユーセルとの距離が縮まるほど、僕を襲う脅威は増していく。魔物の数は増え、新たなバリケードが構築され、その他にも様々な仕掛けが牙を剥く。構わない。攻撃ならば好きにすればいい。それら全てはユーセルの魔法――マナによって生み出されたもの。そんなものを僕にどれだけぶつけたところで、この歩みを止めることはできない。僕を殺すことはできない。

シスレは空を埋め尽くす数万の魔物を一方的に圧倒した。

負けていられない。彼女がそうしたのであれば僕だって――圧倒的で、絶対的な勝利を収めてみせる。

「お待たせ」

あらゆる脅威を排除し、打ち払い、目的の場所へと到着。大鎌の射程範囲に入った今、ユーセルの生殺与奪の権は僕が握っているに等しい。しかし、ユーセルは微動だにしない。凶器を振りかざす僕を前にしても回避行動を取らず、眉一つ動かさず、無感情にこちらを見つめたままだ。

悔いのない最期にするんだよ、二人とも。

ユーセルとルイン、二人の姿を思い浮かべ――躊躇うことなく大鎌を振り抜いた。青い刃は確実にユーセルの首を通過した。その証拠に、彼が構築していた骨のバリケードや召喚した魔物は全て霧散し、跡形もなく消滅する。が、首を刎ねられた当の本人は無傷だ。先ほどのルインと同じく五体満足で、一滴の血も流していない。

死権配奪。僕の魔導羅針盤――死王霊盤の北東に格納された魔法であり、その能力は斬りつけた対象の生死を支配するというもの。僕が死を命じれば掠っただけでも絶命し、逆に命じなければ首を刎ねられたとしても生き続ける。また、青に染まった刃に斬られても外傷を負わないというのも大きな特徴だ。

この刃に斬られた時点で、ユーセルは魔法を扱うことができない。僕の接近を拒む障害だけではなく、空を覆いつくしていた魔物も全て消えた。あとは僕が彼に……彼らに眠るよう命じるだけで、全てが終わる。

さて、ルインを呼びに行こうか。

ガク、と両膝を地面についたユーセルの手にとあるものを握らせた後、僕は来た道を走って引き返した――その時。

「ユーセル」

背後から聞こえた声に、僕は足を止めて振り返った。

いつの間に来ていたのか、そこには——ユーセルの正面にはルインがいた。地面に膝をつき、目線を合わせ、慈愛に満ちた表情を浮かべて眼前の彼の頬に触れている。その輪郭を、なぞっていた。

夜の静寂が戻り、魔物が消えたことで姿を現した月が放つ白光に照らされた二人を、僕は静かに見守る。ここから先は二人の、二人だけの時間だ。部外者の介入は一切許されない、未来を絶たれ運命を分かたれた二人が過ごす最後の時間。

僕はただ見守るだけだ。

自分に残された最後の役目を果たすその時が来るまで、二人の邪魔をする者が現れないように。

口を結び、僕は自分の気配を極限まで薄くした。

彼らの短い再会を、邪魔することのないように。

「久しぶりだね」

気を抜けば震えてしまう声を必死に律しながら、私は変わり果てた姿になったユーセルの変わらない顔に指先で触れた。伝わる体温はとても冷たい。まるで死体に触れているように、生者の温（ぬく）もりを一切感じなかった。

体温だけではない。間近で見る彼の瞳や表情には生気が宿っておらず、胸の中央に触れても、本来そこにあるべき振動が伝わってこない。心臓の動きは完全に停止しているのだ。それは、今も尚（なお）ユーセルが死者である何よりの証拠となる。

彼は、私の愛したユーセルは、魔物の王として復活したわけではない。死した体のまま怪物へと成り果ててしまったのだ。その事実に、私の胸を悲しみと罪悪感が襲う。

「ユーセル……」

ズキズキと痛む自分の胸に手を当て、視界を滲（にじ）ませる涙を拭わず、私は再び彼の名前を呼んだ。

言いたいことは、話したいことは沢山ある。私たちがまだ生きていた頃の思い出話や、死んでしまってからのこと、この胸に秘めた気持ちなど、それこそ数え切れないほどに。その全てを語らうには、膨大な時間を要することだろう。

だけど……わかっている。私たちにはあまり時間が残されていない。ゆっくりと話をする時間などない。

それを残念とは思わない。だって、本来ならこうして顔を合わせて話をすることすら、叶（かな）わないことなのだから。

与えられた僅かな時間で伝えられることは限られている。なら、話す内容は決まっている。勿体ぶらず、臆することなく、私がユーセルに最も伝えたいことを言うのだ。

呼吸を整え、緊張に強張った身体を弛緩させ、私はユーセルの頬に触れた。

「ごめんなさい」

その一言を口にした瞬間、目尻に留まっていた涙が落ちた。

「私が馬鹿なことをしてしまったせいで、貴方をこんな風にしてしまって……貴方を暗い本の中に閉じ込めてしまって、罪を背負わせてしまって、本当に――」

言葉を紡ぐ度に、声を振り絞る度に、感情の雫が落ちる。

罪悪感で押し潰されてしまいそうだった。未来ある子孫を何人も生贄として捧げ、償いきれないほどの罪を背負い、最終的に成し遂げたものは理想とは程遠い悲しい再会。こんなことのために、こんな気持ちになるために私は手を汚し続けたのかと思うと、死にたくなった。届いているのかもわからない謝罪を口にするための数百年だったのかと……。

ユーセルは何も答えず、動かなかった。

人形のように、時間が止まっているように、瞬き一つすらしなかった。

私の声はきっと、彼の耳には届いていない。だから、この罪の告白と謝罪は自己満足だ。胸を締め付ける罪悪感を吐き出すための、何の意味もない懺悔。

流れ落ちるこの涙も、私の苦しみを軽減する以上の意味はない。止めなくちゃ。そう思い強く目を瞑り、目元を拭い、何度も何度も止めようと懸命に努力をするけれど……一向に止まらなかった。止まる気配は、全くなかった。

本当に、ごめんなさい。

涙を拭うことを止(や)め、感情に身を任せ、私は再度謝罪の言葉を吐露しようとした。しかし、声が言葉を模(かたど)る直前——ふと、ユーセルの右手に視線を落とした。鋭利で強靱な鉤爪を持ち、硬質な鱗に覆われた魔物の手。その指の隙間に光が見えた。あれは金属の光沢。

ユーセルは、金属で造られた何かを握りしめているのだ。

何を握っているんだろう。

気になった私は握りこまれたユーセルの指に手を伸ばし、一本ずつ、そっと優しく、それを開き——息を呑(の)んだ。

「これって……」

握られていたそれを手に取り、私は見開いた目でそれを見つめた。

指輪だ。何の模様もない、とてもシンプルなデザインの金色の指輪。指の上で転がし裏側を見ると、そこにはユーセルの名前が刻印されている。

間違いない。これは、この指輪は、ユーセルから貰(もら)ったものだ。恋人の日に自分の名前を刻んだ指輪を用意して、互いに贈りあった思い出の指輪。

ずっと、この世界に受肉する度に、時間を作って探し続けていた。何度目かの受肉をした時に失(な)くして以来ずっと。それを胸に抱き、私は思わず泣きながら口元に弧を描いた。

「こんなところにあったんだね……」

僅かに薄れた罪悪感、そして新たに芽生えた小さな喜び。

呟いた私は手中の指輪を握る力を強めた——その時、身動ぎ一つしなかったユーセルが片手を持ち上げ、その手で私の頬に触れた。

驚きに顔を上げ、更に驚いた。視界に映ったユーセルの表情が変わっていたのだ。

何の感情も見えない人形のような無から——私の記憶に強く残っている、陽光のように暖かい、柔らかな微笑に。

私は自分の頬に添えられたユーセルの手に自分のそれを重ねた。

終わりの時はすぐそこまで近づいている。ここからの数秒が、二人で過ごす本当の最期。

でも、言葉はいらない。抱擁も、口づけも不要だ。

こうしているだけでいい。互いに触れ合っているだけで、想いも感情も、全てが伝わってくるから。

嗚呼、神様。もしも本当に来世があるのだとしたら、今度こそ二人で幸せに——。

身体が淡い光に包まれ、全身の感覚が消滅する中。私は胸中で神様への願い事を呟き——。

最愛の少年と共に、苦痛のない幸福な死を受け入れた。

◇

「……逝ったか」

ルインとユーセルの二人が空気に溶けて消滅した後、僕は彼女たちが最後の時を過ごした場所に向かいながら呟いた。

もう、彼女たちはこの世界の何処(どこ)にもいない。肉体を失った魂が向かう、死後の世界へと旅立って行った。天国と地獄のどちらに行ったのかはわからないけれど、審判を下す神様がいるのなら、多少は大目に見てあげてほしいと思う。決して少なくない命を奪ってしまったとはいえ、彼女たちは被害者なのだ。情状酌量の余地がある。

この世界では散々苦しんだんだから、せめて死後の世界では、穏やかで幸福な時間を過ごさせてあげてほしい。と、僕は柄にもなく胸中で神に祈った。

「あった」

二人が消滅した場所で足を止めた僕はその場で膝を折り、そこに咲く花の上に転がっていたものを拾い上げる。態々(わざわざ)ここへ立ち寄った目的はこれだ。彼女たちの形見ともいえる代物を、ここに捨て置くわけにはいかない。これは彼女たちが存在していた証明なのだから、ちゃんと回収しないと。

掌(てのひら)に載せたそれをジッと眺めながら、僕は考える。

ルインとの約束は果たした。魔物も消え去り、危機は去ったと言っていいだろう。あと、僕に残されたやるべきことと言えば――。

「お疲れさまでした、ヴィル様」

「終わったみたいだね」

「ん……シスレ、クムラ」

その場にしゃがんだまま考え事をしていた僕に、離れていた二人が声をかけてきた。彼女たちに片手を上げて応じ、立ち上がる。

予想通りというべきか、シスレが召喚した巨大な騎士はいない。魔物という脅威が去ったことで屋敷も街も、そして国も、安全になったと判断して主人であるシスレが消滅させたのだろう。顕現させ続ける意味はない、と。

実に惜しい。あの七人の騎士は中々どうして男心をくすぐるものがあった。巨大な武器に鎧、武装した馬、世間一般でいうところのロマンがこれでもかと詰め込まれていた。できれば全てが片付いた後に、ゆっくりと鑑賞したかったのだけど……残念。

少しだけ落胆したが、僕はそれを表に出すようなことはしない。何事もなかったように振る舞い、回収したばかりのものをシスレに手渡した。

「はいこれ」

「？　これは？」

「形見だよ。ルインとユーセルの」

　僕が渡したのは、金のブレスレットと指輪だ。それぞれ二つずつ、ルインとユーセルが身に着けていたペアのアクセサリー。二人の肉体が消滅したことにより、草原の上に残されることになったのだ。

　捨て置くのは論外だが、僕が持っていてもしょうがない。持ち帰ったところで身に着けないし、何よりこの島から持ち出すのは躊躇（ためら）われる。

　どうするべきかと考えた結果、エーデンベルム家で保管してもらうのが一番という結論になったわけである。

　理由を説明すると、シスレは掌のそれらを軽く握った後に『確かに、そうですね』と納得して頷（うなず）いた――と同時に、クムラが僕に尋ねた。

「ねぇ、ヴィル。もしかして……忘れてる？」

「そんなわけないだろう」

　問いの内容など、態々問い返すまでもない。

　フゥ、とゆっくり息を吐いた僕は大鎌の刃を青から黒へと戻し、胸元に下がる死王霊盤（ベマーラ）に触れた。

「二人の目に映る僕はとても落ち着いていて、冷静かもしれない。魔物を消滅させて、ルインとユーセルを無事に送り出すことができて、ホッとしているかもしれない。けど……

本音を言うと、内心は結構荒れていてさ。今すぐにでも鉄槌を下したくて、大分うずうずしてるんだよ」

「「……」」

包み隠さず明かした僕の内心。それを聞いたクムラとシスレは瞬きを数回繰り返した後、どちらからともなく顔を見合わせ……苦笑した。

「ヴィル様。大変申し上げにくいのですが……貴方が苛立っていることは、ここに来た時からわかっています」

「え？　そうなの？」

「うん。だってヴィル、口元は笑っているけど——目が全然笑ってないからね。これから殺しにでも行くんじゃないかって感じだよ」

「………そうだったんだ」

二人と同じように、僕も苦笑い。

無自覚だった。どうやら僕にはポーカーフェイスは向いていないらしい。隠し通せていると自信があっただけに、少し凹む。

落胆し肩を落とした僕は瞼を下ろして視界を暗闇に染め——表情を消し、背後の空間を薙ぎ払った。

斬った。僕が振るった大鎌は何も存在しない虚空を切り裂いたが、その途中で確かに、何かを断つ感覚が手に伝わった。僕が怒りと殺意を向ける対象、その一部を斬ったという確信が。

「う、アぁ――ッ！！？」

「騒ぐなよ。耳障りだ」

感情を消した声で言い、僕は虚空から現れたそいつを睨みつけた。

「透明化の魔法で姿を消して、僕に一矢報いようとしたのだろうけど……忘れたの？　この数日間で、僕がどれだけの魔物を屠ったのか……向けられる殺気だけを頼りに戦っていたのか。僕に経験を積ませたのは貴女自身だよ――デボラ」

「ぐ、く――ッ」

恨めしそうに僕を睨み、デボラは肘から先を失った右腕の切断面を必死に押さえている。僕が斬り落としたのは、どうやらその部分らしい。足元に目を向ければ、草原の上に亀裂の入った前腕と短剣が転がっているのが見えた。出血はあるものの、その量はあまりにも少ない。

既にデボラは満身創痍のようだ。肉体の崩壊を食い止めるマナは底をつき、全身の亀裂は当初見た時よりも広く、そして深くなっている。

彼女が死ぬのは時間の問題だ。僕が手を下さなくても、放置すれば勝手に力尽きる。誰にも看取られることなく、一人孤独に死んでいく。

でも、駄目だ。僕はそれを許さない。何の罰も受けずに死んでいくなんて認めない。死後の世界に行くなんて、許容できない。

「死王霊盤(ベマーラ)──失廻滅魂(フォラウ)」

僕は死王霊盤(ベマーラ)にマナを流し、その指針を北西の方角に向け──大鎌の刃を紫色に変化させた。刃から放射される淡い紫の光は周囲を同色に照らし、軽く振るえば流星のような軌跡を宙に描く。

対象を切断し屠るだけの武具ではない。この大鎌は僕の魔法によって、デポラを断罪する執行具になったのだ。神罰を下す道具に。

「な、なんだ、その不気味な刃は──」

「貴女は死を恐れていたな」

デポラの質問には答えず、僕は大鎌を彼女の首筋に添えた。

「死から逃れるために何の罪もないルインとユーセルを利用して、多くの命と肉体を奪ってきた。そうだったよな」

「……だとしたら、どうだと」

「消滅させる。貴女の魂を、今この場で」

「──」

言葉を失ったデポラに構わず、僕は続ける。

「失廻滅魂は斬りつけた相手の魂を跡形もなく消滅させる魔法だ。これから僕は貴女を殺すわけだけど、肉体から離れた魂が冥府に旅立つことはない。審判の後、輪廻することも。完全な無になるんだ」

「ま、待ってくれ――ッ!!」

魂の完全な消滅。自分が恐れ、逃れ続けた死よりもさらに恐ろしい結末に、デボラは大慌てで僕に弁明を始めた。

「わ、我が直接手を下したのはユーセルという少年だけだぞ！　器となる乙女を連れ去ったのはルインであり、絶命させたのはユーセルの魔物たちだ！　奴らが天に旅立ち、我は消滅など……釣り合いが取れていないではないかッ！　慈悲とまでは言わん！　しかし貴様が死神だというのなら、神の名を冠するというのならば、公正で寛大な――」

「ところで」

聞くに堪えない戯言と命乞いに付き合ってやる義理はない。

これ以上は喋るなという意思を込めて遮り、僕は冷笑と共にデボラへ言い放った。

「いつまで喋っているんだ？」

「え」

「もう――とっくに斬ったのに」

僕が言い、そこでデボラは初めて気が付いたらしい。

自分の首が既に斬り落とされ、肉体を紫色の炎が焼いていることに。魂の消滅が始まっていることに。

「——っ、……」

何か僕に伝えたいことでもあったのか、デボラは炎に包まれた状態で口を動かした。怒りか、恨みか、絶望か。僕は耳を澄ませるが、結局彼女の声が僕に届くことはなかった。倒れ伏したデボラは炎に焼かれ続け、十数秒後、その肉体と魂は完全に燃え尽き消滅した。

執行完了。

デボラの消滅を見届けた僕は大鎌の色を黒へ戻し、背後の二人に向き直った。

「お待たせ。これでやることは全部終わったから……屋敷に戻ろうか」

「賛成。う〜ん、流石に疲れたぁ……あの函、中々に難解で解錠するのに手間取ったし、身体よりも頭が疲れてる」

「本当にお疲れ様」

両腕を上げて伸びをしたクムラを労い、僕は彼女のほうに近寄った。

「帰ったら肩でも揉んであげるよ。函の解錠だけじゃなくて、禁書の解読の疲れも溜まっているだろう？」

「それなりにね。今はもう、すぐにでも横になって眠りたい気分。あ、でも流石にお風呂入んなきゃいけないか……あぁ、面倒。諸々の説明とか報告は明日でもいいよね」

「いいと思うよ。僕もこれから報告する気力なんてないし……エフィア様もわかってくれると思う」

魔物の大量発生、街と屋敷を防御結界で包んだ件、神隠しの真相、そしてルインのことなど、エフィア様に報告するべきことは山ほどある。それこそ、質疑応答まで含めれば数時間は優に必要になるほどの量だ。やらなくてはならないことは理解しているけれど、戦いやら何やらの疲労が蓄積しているため、それをする気分にはとてもなれない。

まずは休息だ。よく働いたのだから、身体を休める機会は与えられて然るべき。

屋敷に戻ったら入浴して、クムラにマッサージをして、すぐに眠る。余計なことはせず、回復に専念しよう。

これからの予定を簡単に頭の中で組み立てながら、僕はクムラと並んで屋敷の方角へと足先を向け——先ほどから無言のまま、手元のアクセサリーを見つめているシスレに言った。

「二人の最期は、とても幸せそうだったよ」

「……ええ、わかっています」

顔を上げ、シスレは頷いた。

「貴方は優しい死神様ですからね。あの子たちが安らかに逝ったのは、わかっていますよ」

「優しいかどうかは、人によるけどね」

それこそデボラからすれば、僕は恐怖の対象でしかないだろう。慈悲もなく、寛大な心も持たず、冷酷に自らを屠る狩人。

善には優しく、悪には厳しく。僕はそれを徹底している。なので、僕の評価は人によって大きく異なるのだ。

「さ、シスレも帰ろう。君も疲れているだろう？」

「はい。まぁ、私はヴィル様からの口づけでかなりの疲れが吹っ飛んでいますが」

「その件について！　あとでじっくりと話を聞かせて貰うからねぇ……」

「望むところです、クムラ様。シチュエーションから感想、感触、力加減まで、あらゆることを細かにご説明してさしあげます」

「すぐに寝るんじゃなかったのか……」

バチバチと好戦的な顔で火花を散らし始めた魔導姫たち。疲れているという言葉は嘘だったのか、とても元気そうに見える。

彼女たちが夜通し話をするというのなら必然的に、僕もそれに付き合わなくてはならないのだろう。僕は先に寝てていいよ、と言うクムラは想像ができない。

さて、僕は安眠し、疲れを取ることができるのだろうか。

大きな不安と疑問に、僕は天を仰ぐ。

視界に広がる快晴、満天の星。その中を、二つの流星が通過した。

エピローグ

絶景を形成する無数の花々は、今日も風に当てられ揺らめいている。

微風に運ばれ鼻腔を擽る甘い香りに、葉や茎、花弁が擦れる音色。蜜を吸いに集まった蜜蜂や蝶などの昆虫。

先日と変わらない光景だ。深い感動を覚えたあの日と、全く同じ世界。昨晩出現した無数の魔物の痕跡などまるで存在しない。

花畑の入口に立ち尽くした僕は変化のない景色に安堵を覚え、口元を緩めた。よかった。この美しい景色が、魔物に壊されなくて。

「ここにおられましたか、ヴィル様」

「シスレか」

背後から声をかけてきた人物。肩越しに振り返った僕は彼女を見やり、ここへ来た理由を尋ねた。

「どうしたの？　もしかして、僕のことを捜してた？」

「はい。馬車の準備が出来ましたので、その報告を。ヴィル様はここで何を？」

「最後に眺めようと思って」

眼前の花畑を眺めたまま、僕は言った。

「もうすぐ王都に帰るわけだからね。最後にもう一度、自分が感動したこの景色を見ておきたくて」

懐から取り出した時計の文字盤を見る。

この後、僕たちは天空列車に乗るために駅へ向かう。最終的な目的地は王都ピーテルにある禁忌図書館。つまり、帰宅である。

ここに来た目的——エフィア様からの依頼である禁書の解読は完了しており、また長年の謎とされていた神隠しの真相も解明した。それらについての報告も既に終えているため、僕たちがこれ以上この屋敷に留まり続ける理由はない。元々依頼を終えたらすぐに帰るつもりだったので、予定通りではある。

ここを出たら当分の間、この景色を見ることができない。その前に、ということで僕はここに来たのだ。

理由を聞き、シスレが言う。

「私に言っていただければ、いつでもお連れしますよ」

「そうもいかない。僕には禁忌図書館とクムラを護る役目があるからさ」

シスレの善意にそう返し、続いて尋ねる。

「クムラはまだ寝てるの？」

「いえ、先ほど庭の安楽椅子に座ってお酒を飲まれていたので、起きていると思います」

「なるほど。起きてはいるけど、いつ寝るかわからない状態ってことか」

花畑が広がる方角から屋敷のあるほうへと身体の正面を向け、僕は腰元に手を置いた。

「君たち、昨晩は明け方までずっと喋ってたろ。眠くないの？」

「正直なことを言えば、かなり眠いです」

「だよね。僕も寝不足で、横になればすぐに眠れそうだ」

「申し訳ございません」

「いや、いいよ。天空列車の中で少し眠るから」

「左様ですか。私は……まだ少し、クムラ様とお話の続きをするつもりです」

「まだ話すことがあるのか……」

つい、呆れてしまった。

昨晩、諸々の問題を解決して入浴や休憩を取った後、クムラとシスレは乙女トークを開始したのだけど……時間にして八時間程度は話をしていたと思う。具体的な内容は僕がどんな風にシスレへ口づけたか、またクムラの時はどうだったかなど、互いに経験したキスを比較するもの。時に共感し、時に羨望し、時に対立し。実に楽しそうな女子会をしていたと思う。傍で聞いている僕に配慮してほしいと、何度も思ったほどには盛り上がっていた。

一日の三分の一の時間を話していたというのに、まだ話すことがあるのか……一つのことで会話が尽きないのは、女の子の特殊能力なのかもしれない。僕は本気でそう思った。

……そろそろ、いいだろうか。

共に無言になったタイミングで、僕はシスレに尋ねた。

「ねぇ、シスレ」

「なんでしょう」

「近くない？」

短く言った。

僕とシスレの距離は当初よりもかなり縮まっている。それこそ、肩が触れ合うほどに——いや、違う。触れ合っているのではなく、シスレはぐいぐいと僕に身体を押し当てている。意図的に距離を潰し、僕と密着していた。

僕の指摘に、シスレはフフっと笑った。

「いいではありませんか。キスまでした仲なのですから」

「だから、あれは必要だったからしたものであって性愛の類ではないと何度も言っているだろう。僕たちは恋仲になったわけでは——」

「見てください」

遮り、シスレはとある場所を指さした。

花畑の中に存在する、とあるものを。

「ルインが封じられていた偶像証記と、ユーセルが封じられていた呪牢封書。そして、二人が身に着けていたペアのアクセサリーは、花畑の中に立つあの台座に置かれています。二人が天国で一緒にいることを祈って」

「うん。そうみたいだけど、それがどうしたの？」

　僕たちの距離との関連性が見えずに問い返すと、シスレは僕の腕を抱きかかえた。

「キスもしていないあの子たちの形見が、あれだけ密着して置かれているのです。つまり、私たちは今以上に密着していても問題ないのです。具体的には今ここで合体していても、誰も不思議には思いません」

「思うよ。僕が」

　何をもって許されると判断したのだろうか。どれだけ考えてもわからな——いや、多分僕がどれだけ考えたところで一生理解することはできないだろうから、考えるだけ無駄か。諦めよう。

　とにかく離れなさいとシスレに言い聞かせるけれど、彼女は一向に離れず。寧ろ僕の背後に回り込み、強く抱きしめてきた。その行動の意味は明白で、僕の要求は拒否する、ということ。

　この力は引き剝がせない。どうしてこう、魔導姫というのは我儘というか、自分の欲望に忠実なのだろう。傍にいる僕の気持ちも考えてほしい。

抵抗するのも面倒なので、このまま引き摺って屋敷に戻ろうか——と、そう考え始めたその時。

「捜したわよ、二人とも」

「！　お母様……」

僕たちの前に姿を見せたエフィア様に、シスレが僕の肩口から顔を覗かせた。

「どうされたのですか？　私たちはそろそろ、屋敷を出るつもりですが」

「わかってるわ。だから、ここを出る前に用件を済ませようと思ったのよ」

「『用件？』」

エフィア様が口にした単語を復唱し、僕とシスレは互いに顔を見合わせた。

用件とは一体何だろう。エフィア様からの依頼は既に済ませてある。まだ何か、僕たちに頼みたいことが？

思い当たる節がなく、僕とシスレは無言で続きを待つ。と、エフィア様は僕の正面に立ち——僕の両肩に手を置いた。

「ヴィル君。貴方とクムラちゃんには本当に感謝しているわ。禁書やルインのことだけでなく、多くの命を救ってくれた。この恩は一生忘れません。既に伝えたとは思うけど、何度でもお礼を言わせてほしい。本当にありがとう」

「いえ、そんな——」

「でもね？」

ぐっ、と僕の肩に指を食い込ませ、エフィア様は恐怖すら感じさせる微笑で言った。

「大切な娘のファーストキスを奪った以上、親としては貴方(あなた)に責任を取ってもらいたいの」

「責任というのは……」

「勿論(もちろん)——シスレとの結婚よ」

「ですよねー……」

予想通りの回答だった。

うん。まぁ、わからないでもない。僕がシスレにキスをしたのは紛れもない事実であり、親としてはしっかりと責任を取ってもらいたいと思うのは当然だ。

でも、僕にも言い分がある。このまま勢いに流され、圧に屈して、それを受け入れるわけにはいかない。

「……報告の時にもご説明しましたが、エフィア様。シスレとのキスはあの状況において必要不可欠だったのです。彼女の領護神盤(ウガナフ)の真価を解放して街や屋敷を魔物から守り、尚(なお)且(か)つ僕がルインとユーセルを天に送るために。決して、性愛の類ではありません」

「勿論、それはわかっているわ。キスがなかったら、今頃は大変なことになっていたことも」

「なら――」

「でも、仕方ないで済ませられるほど乙女の唇は安くないのよ」

「無茶苦茶な……」

横暴な理論に僕は項垂れ、しかし確かな意思を持ち、首を左右に振った。

「何であろうと結婚は無理ですよ。僕には立場も役目もある。所帯を持つ気は当分ありません。これは、常日頃からクムラにも言っていることです」

「不思議な子ね。結婚すればその子の○○○を貴方の○○○で○○○できるし。○○○とか○○○みたいなことも好きに○○○できるのよ？」

「なるほど。どうやらシスレは貴女の血を強く受け継いでいるようですね」

間違いない。僕は今、これ以上ないほどに血というものを感じた。普通ならば言葉にすることも憚られる単語を平然と言ってのける。この血は確実に、娘であるシスレに継承されている。僕が一瞬シスレと会話をしているような気分になったことからも、それは明らかだ。

掴まれた肩を僅かに落とす。

ええ、なにこれ。僕が結婚を認めないと解放してもらえない感じ？　それは困る。本当に困る。キスをしたという事実を持ち出されたらあまり文句を言えない気もするけど……

少しはこちらの意思も尊重してほしい。

　どうやってこの場を切り抜けよう。エフィア様を納得させるような説得の言葉は中々浮かんでこない。僕を見るエフィア様の瞳からは『逃がさない』という強い意志を感じる。生半可な言葉では解放してもらえないだろう。

　とにかく下手なことは言わず、シスレとの結婚はできませんと言い続けるか。天空列車の時間もあるので、それまでには解放してくれるはずだ。幾ら何でも、認めるまでは帰さないなんて脅迫はしないはず――。

「面白くない話をしてるね……」

　とても機嫌が悪いことがわかる少女の低い声。突如として出現した威圧感に辺りの空気が揺れているように見える。恐らく、マナを放射しているのだろう。肌に伝わる僅かな振動からして、そうに違いない。

　助かった。頭が回る彼女であれば、何とかエフィア様を説得できるに違いない。

　現れた希望にホッと胸を撫で下ろした僕は彼女に向けて片手を上げた。

「おはよう、クムラ。目は覚めたようだね」

「すっごく眠いけどね。でも、その眠気も今のエフィア様の発言を聞いてふっとんだよ。

……私からヴィルを奪おうとしているらしいですね」

「奪うなんて人聞きが悪いわね」

クムラに睨まれたエフィア様は摑んでいた僕の肩を解放し、クムラのほうへと身体を向けた。

「私はただ、娘の唇を奪った責任を取ってほしいと言っているだけよ」

「キスの一つや二つで何を言っているんですか！　そんなこと言ったら私なんてもう十回以上キスしてるんですから今頃ゴールインしてないとおかしいでしょう！　ここまで来たらもう私のほうが責任取るレベルです！　どう、ヴィル！　私責任取るから結婚しようぜ！」

「取らんでいい」

勢いのままに行われたクムラの求婚を普段通りサラッと流すと、僕に抱き着いていたシスレが僕から離れ、向かい合う二人のほうへと歩み寄った。

何を言うつもりだろう。

一抹の不安を胸にシスレを見つめる中、彼女はクムラの隣に立ち、宣戦布告をするようにエフィア様へ言った。

「娘の恋路に口を挟むのは止めてください、お母様。キスを理由に結婚を迫るのは私の望むところではありませんし、そうして結婚したとしても幸せにはなれません。ヴィル様にも迷惑です」

「シスレ……」

「もしも、これ以上口出しをするというのであれば――」

氷のように冷たい眼差しでエフィア様を見たシスレは片手に彼女の魔導羅針盤――領護神盤を握り、告げた。

「お母様と言えど、容赦はしませんよ」

「……立派になったわね」

少しの間を空け、エフィア様は何処となく嬉しそうに微笑み、両手を掲げて降参のポーズを取った。それを見て、シスレは領護神盤から手を離す。

まさかシスレから助け舟が出されるとは思わなかった。彼女は誰の力も借りず、自分一人で戦うと決めているらしい。正々堂々、クムラと対峙すると。

勝負の内容が僕を奪うこと、という点には何とも言えない気持ちになるけど、シスレの姿勢は素晴らしいと思う。敢えて厳しい道を選んだ彼女には、脱帽する思いだ。

冷たい笑みを消し、シスレはエフィア様に言った。

「心配はいりませんよ、お母様。私はもう子供ではないのです。必ず独力で――ヴィル様を欲情させてみせますので」

「少しでもかっこいいと思った僕の気持ちを返してほしい」

言動一つで全てが台無しになると教えたばかりなのに……。

僕が溜め息を吐く中、シスレの台詞を聞いたクムラが『絶対に私のほうが先に食べるんだから！』と瞳に闘志の炎を宿して叫び、火花を散らす二人をエフィア様は楽しそうに眺める。何だか、前回の事件を解決した後のようになっている。何かしらの事件を解決した後は、必ずこうなる運命なのだろうか。

　これは長引きそうだ。二人が落ち着くまで、それなりの時間を要することになる。

　そう判断した僕は三人に気付かれないようにその場から立ち去り、花畑の中へと足を踏み入れた。

　向かった先は――。

「そっちはどうだい。ルイン、ユーセル」

　花畑に造られた石の台座、その上に安置された二つの禁書に声をかけた。

　わかっている。もう、そこに二人がいないことは。彼らの魂は天に昇ったのだから、ここにいるはずがない。

　この呼びかけは、そしてこれから話すことは全て、単なる独り言だ。

　それを理解しつつ、僕は続ける。

「君たちが復讐（ふくしゅう）を望んでいたのかはわからない。けど、君たちを苦しめたデポラは討った。奴（やつ）には罪を償わせたし、もう君たちと同じ被害者が生まれることはない。だから……安心して眠ってくれ」

　台座の縁に触れ、僕は二人の最期を思い出して祈った。

二人の魂が天国に辿り着いていることを。

そして——次の人生では、幸福を摑むことができるように。

「おーい、ヴィル〜！　そろそろ行くよ！」

「！　意外と早かったな」

聞こえたクムラの呼び声に、僕は花畑の入口へと目を向けた。

僕を呼んだということは口喧嘩——もとい、話に区切りがついたらしい。随分と早いように思えるけれど、そういえばあの二人はこれから乗る天空列車の中でも話をすると言っていた。屋敷を出る時間は近付いているし、続きは列車の中でということだろう。

魔導姫たちが呼んでいる。早く行かないと。

台座から手を離した僕は彼女たちが待つ場所に戻るため、足先をそちらに向けた——その時。


——ありがとう。


「——！」

咄嗟に振り返った。

今、何処かから声が聞こえたような気がした。遠くない、近くから。

けれど、僕の周囲には誰もいない。誰の姿も視界に映らない。あるのは咲き誇る花々と、台座の上に置かれたルインとユーセルの形見だけ。声を発する生物は皆無だ。

普通に考えれば気のせいだろう。僕は疲労が抜けておらず、加えて寝不足だ。疲れが原因の幻聴を聞いたとすれば、納得もできる。

けど……僕は敢えて、そうではない可能性を信じてみようと思う。

僕は台座の上に並ぶ二つの禁書を見やり、片目を瞑り言った。

「どういたしまして」

聞こえた声に返事をし、僕は今度こそ立ち去った。

風に吹かれ、身体を左右に揺らす花々の見送りを受けて。

あとがき

私が安居院晃（あぐいこう）ということは誰にも証明できないでしょう。

近頃、巷（ちまた）ではレアメタルとオリーブを安楽椅子と共に熊野古道へ奉納する奇祭について白熱した議論が行われていると小耳に挟みました。え？　あぁ、いいえ。シェイクスピアとボールペンは同一人物ではありません。泥酔した鶏が細胞分裂しながら優生学を勉強しているだけなので、安心してください。

話は蒸発しますが、少し前に洗濯機の試食会へ参加してきました。会場はマリアナ海溝と死海を曲線で結んだ中央にある竜宮城跡地だったのですが、何とかダブルプレーにはならずに犠打とすることができました。代償としてカカオ豆と戦艦の違いがわからなくなってしまいましたが、大は小を兼ねるので問答無用です。ロールパスタ風アザレアラザニアを文化遺産として登録したい。

ところで今月、とうとう私の推しであるユッキーが卒業してしまいました。新たなセンターには新加入のシブリンが選ばれましたので、これからは彼を推していきます。ありがとうユッキー。貴方（あなた）のことは生涯忘れません。学問のすゝめは永久に不滅！

最後に謝辞を。

ｔｅｆ先生。魅力的なキャラクターと素晴らしいイラストをありがとうございました。やはり神絵師とは崇め奉るべき御方なのだと改めて認識させていただきました。

担当編集様を始め、本作の制作に携わってくださった全ての方々。

そしてこの本を手に取ってくださった皆様に、最上のお礼を申し上げます。

※このあとがきはフィクションです。三人寄れば文殊の知恵は基本的に発動しませんのでご注意ください。

作品のご感想、ファンレターをお待ちしています

あて先
〒141-0031
東京都品川区西五反田 8-1-5 五反田光和ビル4階
ライトノベル編集部
「安居院 晃」先生係／「tef」先生係

最強守護者と叡智の魔導姫 2
死神の力をもつ少年はすべてを葬り去る

発　　行　2024年7月25日　初版第一刷発行

著　　者　安居院 晃
発 行 者　永田勝治
発 行 所　株式会社オーバーラップ
〒141-0031　東京都品川区西五反田 8-1-5
校正・DTP　株式会社鷗来堂
印刷・製本　大日本印刷株式会社

Printed in Japan　ISBN 978-4-8240-0883-1 C0193

オーバーラップ　カスタマーサポート
電話：03-6219-0850 ／受付時間 10:00～18:00（土日祝日をのぞく）